Histoires courtes à rallonges

Du même auteur
dans la même collection

Le Masque aux deux secrets

300, rue Léon-Joulin, 31101 Toulouse Cedex 9, France
Loi 49-956 du 16 juillet 1949
sur les publications destinées à la jeunesse
ISBN : 978-2-7459-4423-8
www.editionsmilan.com

François Lescuyer

Histoires courtes à rallonges

MILAN POCHE

Le défi de Julie

Qu'il s'en prenne à lui-même, Kévin ! Il l'a bien cherché, son accident. Et puis après tout, ce n'est pas si grave que ça ! Il ne s'est même pas cassé une dent, et les croûtes aux genoux et aux coudes seront parties dans huit jours. N'empêche, qu'est-ce qu'il a saigné !...

Au début, c'est toujours pareil : il monte ses copains contre nous, les filles, et après il nous provoque.

Cette fois-ci, ça avait commencé lundi matin à l'école, pendant l'accueil. D'habitude, il parle foot ou rugby avec Laurent et Marco. Des fois aussi avec Ziad. À la récré, ils continuent en jouant au ballon. Ils font exprès de l'envoyer sur nous, ou alors ils jouent juste à côté de nous, pour nous envoyer un coup de pied de temps en temps. C'est surtout Cathy qui est visée, parce qu'elle est toujours en jupe et que le ballon lui fait des bleus sur les mollets. Ils n'arrêtent pas de se moquer d'elle à cause de ça. Et si jamais elle a trop mal et se met à pleurer, ça les fait rigoler encore plus.

Ce lundi, le ballon avait été remplacé par des voitures de course. Kévin avait regardé le Grand Prix de Formule 1 de Monaco, et il racontait aux autres comment le vainqueur avait gagné en prenant tous les risques dans les virages.

À la récré de dix heures, on a eu droit à un Grand Prix spécial école Jules-Verne avec Kévin courant en tête comme un dératé, suivi de Marco en deuxième position. Ziad et Laurent étaient côte à côte derrière eux.

Comme pour de vrai, ils prenaient tous les risques dans les virages. Et tant pis pour les spectateurs, ou plutôt les spectatrices. On a rarement été autant bousculées par des bolides humains, avec des Vroum-vrooom postillonneurs à chaque passage. Si bien que M. Goigoux, le maître de surveillance, a dû siffler la fin de la course avant le temps prévu, parce que personne n'arrivait à jouer calmement. Les quatre champions ont été condamnés à rester assis sur un banc jusqu'à la fin de la récré, et on a enfin pu être tranquilles.

C'est là que j'ai eu mon idée : frapper un grand coup, sinon les garçons n'arrêteraient jamais de nous embêter.

J'en ai aussitôt parlé aux copines. Cathy a été tout de suite d'accord. Pour Jenny, ça a été un peu plus long, mais finalement elle a dit oui. Malheureusement, les autres ont refusé. Aya craignait de se faire disputer par son frère, qui est copain avec Ziad, et Mélanie avait peur de déchirer ses vêtements s'il arrivait quelque chose. Enfin, au bout du compte, on était quand même trois.

À la récré de l'après-midi, on est allées voir Kévin et sa bande. Le maître les avait à l'œil, alors ils se tenaient à carreau. C'est moi qui ai attaqué la première, en disant que leur course du matin était complètement nulle.

– C'est bien beau de la trouver nulle, m'a répliqué Marco avec un air mauvais, mais si tu peux nous trouver des vraies Formule 1, moi je veux bien. C'est toi qui es nulle, ma pauvre Julie !

On leur a lancé alors le défi que j'avais mis au point : faire une vraie course contre nous.

– À quatre contre trois ! s'est exclamé Ziad en éclatant de rire. Nous, on est super d'accord, mais il faudra pas pleurer si vous perdez. À mon avis, c'est couru d'avance.

– J'en suis moins sûre que toi, lui rétorqua Jenny, avec des éclairs de colère dans les yeux.

– Ce sera une course en plusieurs manches, et c'est nous qui choisirons les épreuves, ajouta Cathy.

– Si ça peut vous faire plaisir, ricana Laurent. C'est quand vous voudrez, les filles.

– Eh bien rendez-vous mercredi après-midi devant l'entrée du supermarché, à deux heures, ajoutai-je pour clore la discussion. Et venez avec chacun une pièce de 1 euro.

– Ah ! les voleuses ! hurla Kévin. En plus elle est payante, leur course de nulles.

– Ne t'en fais pas, on te le rendra ton euro, que tu perdes ou que tu gagnes. En tout cas, tu en auras besoin pour la course.

Les quatre garçons n'en surent pas davantage ce soir-là, ni même le lendemain, et furent obligés d'attendre jusqu'au mercredi après-midi.

Pas un retardataire, à deux heures devant l'entrée du supermarché. Et pas une pièce manquante…

– Bon, on ne va pas perdre de temps, annonçai-je d'entrée de jeu. Première épreuve : chacun va chercher un caddie et le rapporte ici.

– Mais c'est pas une course, ça ! fit Kévin en haussant les épaules. On n'est pas venus pour faire les courses, mais pour faire la course !

Ricanements complices des trois copains.

– Nous aussi, on meurt de rire, commenta Jenny. Mais ça suffit. On a autre chose à faire qu'écouter ta blague à 1 centime d'euro. Et puis, si vous voulez courir avec une Formule 1, il faut bien que vous alliez en chercher une, n'est-ce pas ?

– Top chrono, coupai-je. On est sept. Le premier revenu ici aura gagné sept points, le second six, et ainsi de suite. Le dernier aura quand même un point, pour se consoler.

À la fin de cette première épreuve, le classement mettait les trois filles en tête. Avec leurs gentilles mines de futures ménagères, elles n'avaient étonné personne. Par contre, quand le costaud de la sécurité avait vu fondre les quatre garçons sur les caddies, il les avait renvoyés sans ménagement. Ils avaient dû revenir prudemment l'un après l'autre chercher l'indispensable véhicule.

Sans prendre le temps de savourer notre victoire, j'enchaînai :

– Direction le terrain de sport, derrière le supermarché.

Pour la seconde épreuve, j'avais choisi la piste de course du soixante mètres, avec ses couloirs séparés par des traits de peinture blanche. En courant avec ma classe, je m'étais dit un jour que ce serait amusant d'y faire une course de caddies. Maintenant mon idée se réalisait. Nous étions tous les sept sur la ligne, les mains crispées sur la barre de conduite, attendant que je donne le top départ.

Trois… deux… un… zéro !

Renversement complet des résultats à l'arrivée. Vrai : les garçons courent plus vite que les filles… Ces quatre-là, en tout cas, sont arrivés largement avant Cathy, Jenny, et surtout moi, bonne dernière à cause d'un lacet défait.

Les voilà tout ragaillardis, les quatre garçons.

– Allez, Julie, ricana Kévin. Dis-nous à quoi tu as pensé pour la suite. Avec 1 partout, il faut bien une troisième épreuve pour nous départager.

– Ce sera Ben Hur, annonçai-je avec aplomb.

– Ben Hur ! Mais on n'a pas de chevaux !

– Les caddies serviront de char. À nous de choisir qui fera le cheval et qui sera cavalier.

– En tout cas, il faut un nombre pair, et vous n'êtes que trois filles. Ça ne marche pas, ton affaire…

Si, ça marchait. On pouvait compter sur moi pour tout prévoir, et même laisser les garçons gagner la deuxième manche pour ne pas les décourager… Pour l'épreuve de Ben Hur, on a fait courir deux chars seulement, un avec les garçons et un avec les filles. À chaque camp de choisir librement ses champions.

Je l'aurais parié : les garçons ont désigné les deux plus costauds, Marco et Ziad. Ils ont eu tout faux. C'est Ziad qui faisait le cheval. D'accord, il a couru vite, mais seulement au démarrage : alors qu'on devait faire deux fois le tour du terrain de sport, il a commencé à ralentir au milieu du premier tour et a bien failli ne pas terminer le second. Il faut dire qu'avec Marco dans le rôle de Ben Hur, il n'était pas gâté. Marco, avec deux pains au chocolat à chaque récréation et des barres de céréales dans les intervalles pour tenir le coup, il est peut-être costaud, mais beaucoup trop lourd pour un cheval comme Ziad. En plus, Marco a failli étrangler son cheval avec la corde à sauter qu'on lui avait prêtée pour faire les rênes.

Nous, les filles, on avait réfléchi à tout ça, et notre choix a été meilleur. On a pris Cathy pour tirer le caddie. Côté entraînement, c'est la meilleure de l'école, parce qu'elle habite le plus loin, à la limite du secteur, et qu'elle vient à pied, avec son gros cartable sur le dos. Alors tirer un caddie pendant deux tours de stade, elle le voit comme une vraie promenade, surtout avec Jenny en Ben Hur. Jenny, on la surnomme Pupuce, parce qu'elle a oublié de grandir et de grossir. Ce qui ne l'empêche pas de savoir tenir les rênes comme un vrai conducteur de char romain.

Comme prévu, le char de Jenny et Cathy est arrivé de loin le premier.

Normalement, le jeu était terminé, mais devant l'air déconfit des garçons, Jenny la puce s'est hasardée à proposer une quatrième manche de rattrapage.

– J'ai mon idée, ajouta-t-elle avec un clin d'œil dans ma direction.

Les garçons ont accepté, bien sûr, en se disant que, s'ils gagnaient, on serait de nouveau à égalité. Il faudrait alors une course de plus pour connaître le vainqueur final. Et dans ce cas, à eux de choisir le type de course...

Mais on n'en était pas encore là, surtout que l'idée de Jenny était vraiment excellente...

On s'est donné rendez-vous un quart d'heure plus tard en haut des marches du théâtre, le temps pour Cathy et moi de passer chez nous prendre quelques vieilles poupées.

– Voilà, annonça-t-elle ensuite. Les caddies seraient des voitures d'enfant. On met une poupée dans chacun, et il faut dévaler les marches le plus vite possible, sans accidenter les poupées.

Nous, les filles, on a eu l'habitude de transporter nos poupées dans des landaus quand on était petites. C'est comme faire du vélo : une fois qu'on a appris on n'oublie pas...

Quant aux garçons, on s'attendait au pire, mais ils nous ont vraiment joué *Désastre et compagnie.* Dès la cinquième marche, Laurent a éjecté Rosette, la poupée de mes quatre ans. Ziad est parti plus prudemment, mais il lui est arrivé la même mésaventure six marches plus bas.

Le clou du spectacle, c'est Kévin et Marco qui nous l'ont fait, je ne sais pas comment d'ailleurs. Je pense que Marco a trébuché. Son caddie a rebondi sur une marche et s'est envolé en catapultant la poupée qu'il transportait.

À ce moment-là, Kévin a trébuché lui aussi, parce qu'il a voulu regarder ce qui arrivait à Marco. Son caddie est parti en avant, culbutant sur lui-même jusqu'en bas. Kévin a pour sa part descendu deux marches sur les genoux et les coudes, qu'il a largement râpés. Mais le mieux de tout, c'est qu'il s'est fait coiffer ensuite par le caddie de Marco, qui a fini son vol plané retourné à l'envers sur lui…

Derrière les barreaux, Kévin ! On aurait dit un lion en cage…

Il n'y avait plus aucun doute, on avait bel et bien gagné la course. Et pourtant on était des filles ! Et à trois contre quatre, en plus !

Mais l'heure n'était pas aux cris de victoire. Aussitôt sorti de sa cage, Kévin s'est mis à pleurer en hurlant comme un chien qui s'est coincé la patte dans une porte. Il avait sans doute un peu mal, mais c'est quand même un sacré douillet. Et surtout, il n'a pas supporté de voir sa jambe et son bras en sang.

Comme il boitait, Marco et Laurent l'ont raccompagné chez lui. Quant à Ziad, il nous a aidées à récupérer nos poupées et à rapporter les caddies. En nous voyant arriver, le vigile nous a remerciés, parce qu'il a cru qu'on avait fait la collecte des caddies que des gens abandonnent ici ou là dans les rues, autour du magasin. Comme on n'allait pas lui expliquer notre histoire de course, on s'est contentées de lui faire un sourire.

Normalement, Kévin et ses copains devraient nous laisser tranquilles pour un bon bout de temps. Mais d'après Jenny, qui les a surpris sur le stade et près du théâtre, il vaudrait quand même mieux se méfier. Il semblerait qu'ils s'entraînent au skate et au roller. En plus, ils nous regardent pendant les récrés avec des airs sournois qui en disent long.

Du coup, on a décidé de s'entraîner nous aussi, au cas où ils mijoteraient un autre défi à leur manière…

Un mécanicien de génie

Coincé entre le palais des Expositions et la rue Jules-Barale, à Nice, le garage Perrot vit ses derniers mois. Dans moins d'un an, Albert Perrot prendra sa retraite, après une bonne quarantaine d'années au service de la mécanique.

Ce matin-là, ce n'est pas un client mais un journaliste de *Nice-Matin* qui entre dans son atelier et le découvre penché sous le capot d'une vieille Peugeot 304, tel un dompteur plongeant la tête dans la gueule ouverte d'un fauve.

En apprenant qu'on allait lui consacrer un portrait spécial dans une série intitulée « Ces Niçois pas comme les autres », M. Albert, comme on l'appelle dans le quartier, a écarquillé les yeux. La clé à molette a même failli lui échapper des mains.

– Un portrait spécial ! Ben alors... Et pourquoi moi ?

– Tout simplement parce que vous êtes un artisan exceptionnel dans votre métier. Au moment de partir, vous avez certainement une quantité d'anecdotes à raconter, voire même quelques conseils ou secrets qui seront bien utiles à la jeune génération. N'est-ce pas ?

– Vu comme ça, je veux bien, surtout que j'ai jamais été avare, question conseils. Par où voulez-vous commencer ?

– Par le début, tout simplement. À quel âge vous est venu le génie de la mécanique ?

– Attendez… Si je ne me trompe pas, la toute première fois j'avais dans les trois ans. J'étais au parc avec ma mère, on promenait le chien et c'est moi qui tenais sa laisse. Soudain, une dame est passée, avec un landau. J'ai remarqué que les roues avant tournaient plus vite que les roues arrière, et pourtant elles étaient plus petites. Ça m'a tellement étonné que j'en ai échappé la laisse. Le chien s'est sauvé, et on a failli ne pas le rattraper. J'ai pas eu droit à des félicitations, ce jour-là…

– Apparemment, ça n'a pas suffi à vous décourager ?

– Bien sûr que non ! Dès que j'ai eu du Meccano sous la main, je me suis mis à construire des chariots avec des roues de différents diamètres, pour essayer de comprendre le problème du landau. Ensuite, je n'ai jamais arrêté la mécanique.

– Vous auriez d'autres exemples à nous donner ?

– Des centaines, oui ! Il vous faudrait le journal tout entier, et même un livre… Tenez, avec les Pollypocket de ma petite sœur, vous savez, ces jouets minuscules qui contiennent une pile pour animer une partie des personnages. Eh bien, en rajoutant quelques piles et pas mal de fil électrique, j'en ai fait un vrai parc d'attractions, avec circuits de manèges, ascenseurs ultrarapides pour aller d'un niveau à l'autre et même un camion pizza qui fait les livraisons avec sirène et gyrophare. Et j'en passe…

– Vous étiez déjà un peu garagiste, en quelque sorte…

– N'allons pas trop vite ! J'étais un bon bricoleur, sans plus. L'amour du garage, ça m'est venu avec le train en Lego qu'on m'a offert à Noël pour mes huit ans. Il ressemblait à un TGV mais il ne roulait pas plus vite qu'un char à bœufs. Il ne m'a pas fallu longtemps pour bricoler l'alimentation électrique et renforcer le moteur. Après, c'est devenu un vrai bolide. Jusqu'au moment où il a quitté les rails au lieu de prendre un virage. On a eu à peine le temps de le voir foncer vers la baie vitrée. Il a éclaté la vitre, continué dans le jardin et labouré dix mètres de gazon avant d'exploser contre un arbre.

– Vous n'avez donc pas connu que des succès. Au début, tout au moins…

– Disons que je me suis fait la main. Ce TGV, c'est comme un héros mort pour la science. Ce qu'il faut retenir, c'est les succès, pas les échecs. Voilà le secret de base. Les rollers à ressort dynamique, le skate à récupérateur de poussée latérale, la bicyclette à recyclage d'énergies secondaires, le casque à propulsion magnétique, tout a marché. Et grâce à mes petits trucs, j'ai régulièrement battu tous mes copains en roller, en skate, ou en vélo. Tous, sans exception !

– Cela mériterait quelques explications techniques. Pourriez-vous décrire l'une de vos inventions ?

– Rien de plus facile. Prenez la bicyclette à recyclage d'énergies secondaires, par exemple. Il suffisait d'y penser. Sur un vélo, l'énergie primaire vient des pédales. Elle est transmise à la roue motrice par la chaîne, et c'est ainsi qu'on avance, n'est-ce pas ?

– Oui, en effet.

– On avance, mais pas assez vite. Mon astuce a été d'utiliser aussi l'énergie secondaire des bras en appui sur le guidon, et des épaules qui se poussent en avant l'une après l'autre. Avant moi, tout cela était perdu, gaspillé. Eh bien, je l'ai récupéré avec des systèmes tout simples qui se transmettent au guidon et à la fourche avant, pour renforcer l'action des pédales. Et pour couronner le tout, si l'on peut dire, on a le casque à propulsion magnétique.

– Pour le cycliste ?

– Lui-même. Un banal casque métallique, avec une antenne dirigée vers l'avant. Au bout de l'antenne, j'ai fixé un aimant qui attire le casque.

– C'est le principe de l'âne qui veut attraper la carotte tenue devant lui au bout d'un bâton…

– En quelque sorte. Mon système d'aimant n'est pas très utile en descente. Mais en côte, alors là, il permet de faire la différence !

Je ne demande qu'à vous croire, mais pourquoi ne voit-on pas de tels équipements sur les vélos ?

– Interdits ! Mes systèmes ont été interdits. Remarquez, ça a été de ma faute. Avec mon vélo et mon casque expérimentaux, j'ai eu la mauvaise idée de doubler une voiture de police lancée à pleine vitesse. Ça ne pardonne pas, un coup pareil…

– Vous ne pouviez pas adapter vos systèmes aux voitures, pour leur redonner l'avantage par rapport aux vélos ?

– Bien sûr que si ! En fait, je passe mon temps à ça, dans mon garage. Une double pompe de turbo-reprise par-ci, un alternateur de gaz réchauffé par-là, un logiciel de compensation fragmentée pour piloter le tout, et la moindre citadine vous pousse des pointes à 300 à l'heure. C'est clair : si j'engageais mes joujoux sur les circuits de F1, ils seraient gagnants à tous les coups.

– À quoi bon, avec les risques d'accident, les limitations de vitesse et les radars ? Ça n'a pas de sens…

– C'est pour la frime, mon bon monsieur. On est dans un pays de frime, sur la côte. Se faire une petite pointe sur la Prom' pour épater les copains ou les touristes, c'est un véritable sport local. Quant aux radars, ils ont beau faire leur travail, quand vous avez été flashé à 250 à l'heure, la police municipale est la première à reconnaître que c'est une erreur de leur machine, ou plutôt de leur machin…

– En tout cas, vous n'incitez pas les gens à respecter les règles, ni même à la plus élémentaire prudence. À propos, vous ne trafiqueriez pas un peu aussi les scooters ou les motos, par hasard ? On en voit tellement qui roulent n'importe comment, et à toute allure…

– Ça, jamais ! Il y a déjà bien trop de jeunes qui ont des accidents. Je ne vais pas en rajouter en gonflant leurs moteurs. Ils prennent déjà leurs scooters pour des chevaux qui se cabrent ! Avec mes trucs, ils seraient capables d'en faire des hélicoptères…

– Ou des avions ! À propos, si on parlait maintenant du projet 14-Juillet. Après tout, c'est lui qui vous a fait connaître…

– Pas vraiment. Ça a duré deux minutes, et ensuite : motus et bouche cousue. Ça dérangeait trop de monde, mon affaire. On n'a même pas cité mon nom dans la presse.

– Pourtant, quel exploit !

– Tout est dans la préparation. Voilà le secret : sans elle, on n'arrive à rien. Ça mijotait depuis longtemps, sous mon crâne.

– De faire voler des autobus ?

– Techniquement c'est possible, vous savez. La preuve : je l'ai fait !

– Exact. Pourtant, je suis comme tout le monde, je reste persuadé qu'il faut des ailes pour voler.

– Et les fusées, elles ont des ailes ? L'important, monsieur le journaliste, c'est la poussée, pas les ailes. Les oiseaux, ils ont zéro moteur, zéro poussée. Voilà pourquoi ils sont tout en ailes. La fusée, elle, c'est ni plus ni moins qu'un moteur géant avec des réservoirs. Elle est toute en poussée. Du coup, elle n'a pas besoin d'ailes.

– J'ai compris. Mais l'autobus ? Il n'a ni ailes ni poussée. Et même pas de passagers pour pédaler. Simplement un conducteur !

– Justement ! Sans passagers, on a plus de place pour mettre de vrais moteurs. Je vous l'explique en quelques mots ?

– En résumé, si vous voulez bien.

– Je serai bref. D'abord, j'ai retiré l'ancien moteur. Vingt kilomètres à l'heure en ville, c'est pas avec ça qu'on franchit le mur du son. À la place, j'ai logé un réacteur à gaz de ma fabrication, avec les gadgets habituels : l'alternateur de réchauffement, très important, la double pompe de turbo-reprise, etc.

– Comme sur la citadine de tout à l'heure ?

– Vous suivez bien. J'ai rajouté par-dessus un quadruple pontage alvéolé de distribution modulaire, et vogue la galère. Ah ! J'oubliais… Bien entendu, il faut des stabilisateurs antivrille.

– Antivrille ?

– Pour rester à l'horizontale. Sinon, le bus part en vrille comme un tire-bouchon dans un goulot de bouteille. Et là… bonjour les dégâts ! C'est le crash assuré.

– Bien sûr. Et vous avez réussi à équiper quatre bus de cette façon.

– Cinq, plus exactement. On a d'abord fait des essais avec un seul. Puis on a racheté quatre bus réformés de la RATP, et on les a aménagés, mes copains et moi. Toutes mes économies y sont passées, mais enfin quand on a une passion, on ne regarde pas à la dépense…

– Et puis ce fut le grand jour : le 14 juillet sur les Champs-Élysées. Comment avez-vous fait pour voler au-dessus du défilé, à la place de la célèbre patrouille de France ?

– Le grand secret, c'est la précision. Tout est là. On est venus tranquillement par la route, une semaine avant, sans faire d'excès de vitesse. J'étais avec Lucien, Gérard, Dominique, et Raoul. C'est mes copains. J'aimerais bien qu'on cite leur nom, dans votre article.

– Promis.

– Merci pour eux. Ils l'ont bien mérité. Alors voilà. On est restés quelques jours à Melun, pour observer les préparatifs de la patrouille de France. Leur truc, c'est qu'ils volent à faible vitesse et à basse altitude, pour qu'on les voie mieux. Nous, la basse altitude, ça nous convient. Les autobus, c'est jamais que des caisses à roulettes : on ne peut pas trop leur en demander… Pour la vitesse, notre maxi est à peu près celle des avions au ralenti. Il ne s'agirait pas qu'une de nos caisses volantes perde un rétroviseur ou une porte en plein vol…

– Tout cela ne me dit pas comment vous avez réussi à doubler la patrouille de France.

– On ne l'a pas doublée. On est partis avant elle ! Cinq minutes avant. Et on est arrivés sur Paris avec deux petites minutes d'avance. Quand les pilotes nous ont vus sur leurs radars, c'était trop tard. Ils ont fait demi-tour pour ne pas risquer l'accident. Et nous, on s'est retrouvés à leur place, dans l'axe des Champs-Élysées, à l'heure exacte. On a été parfaits. On avait même prévu les gaz d'échappement colorés en bleu-blanc-rouge.

– Les gens ont dû croire à une hallucination.

– Certains attendaient tellement les avions qu'ils ont vraiment cru les voir. D'autres se sont dit qu'ils avaient des visions, ou même qu'ils voyaient un mirage à cause du soleil qui leur tapait sur le crâne. Mais le défilé continuait sur l'avenue, et tout le monde admirait la tenue des commandos de nageurs de combat. Avec leur masque, leur tuba, leur maillot en imitation de peau de mérou, et surtout leurs palmes qui faisaient « plac-plac » en cadence sur la chaussée, ils ont explosé l'applaudimètre, ceux-là. Alors, mes autobus volants, vous comprendrez qu'ils ont été vite oubliés…

– Mais la télé, quand même ! Les images sont en direct, comme chaque année…

– C'est ce qu'on croit ! En fait, le défilé est retransmis « avec un léger différé », comme ils disent. Quand ils ont vu les autobus sur leurs écrans de contrôle, les responsables ont vite passé à la place les images de l'année précédente. Ni vu ni connu, c'est quasiment les mêmes d'un défilé à l'autre.

– Voilà pourquoi votre exploit est demeuré inconnu du grand public. Heureusement, notre journal va réparer cette injustice.

– Quelle chance !

– Pour terminer, monsieur Albert, pouvez-vous dévoiler une invention que vous n'avez pas réalisée ?

– Je pense à un moyen d'aller sur la lune, mais je ne suis pas certain que ça marche vraiment. En tout cas, dans ma tête, l'idée fonctionne.

– De quoi s'agit-il ?

– Vous n'étiez pas né, quand les Américains sont montés là-haut, mais moi, je m'en souviens. À l'époque, il leur avait fallu près d'une semaine. Une vitesse d'escargot spatial… Alors qu'avec un moteur à interface d'aimantation lumineuse, on y serait en moins de neuf secondes, auxquelles il faut bien entendu rajouter six minutes pour le décollage et trois pour l'alunissage.

– Fantastique ! Mais sur quel véhicule l'installeriez-vous, ce moteur extraordinaire ?

– Je n'y ai pas encore réfléchi. De toute façon, ça n'intéresse plus grand-monde, d'aller sur la lune. Et puis, le moteur à interface est trop vorace. Je crois que le vrai secret, de nos jours, c'est d'inventer des choses simples, vraiment utiles, et peu gourmandes en énergie.

– Voilà une conclusion qui plaira et des anecdotes qui vont gonfler le courrier des lecteurs. Au fait : si certains bricoleurs avaient des idées astucieuses à proposer, accepteriez-vous de les conseiller pour la réalisation ?

– Je ne dis pas non. Rester dans la mécanique sans avoir tout le temps les mains dans le cambouis, c'est une perspective qui me plaît assez.

Lumière d'âne

– Pardon, monsieur… Est-ce que je peux vous photographier à côté de vos vaches ?

– Bien sûr ! Vous n'êtes pas le premier touriste à me le demander… Vous habitez en ville, n'est-ce pas ?

– Pour ce qui est d'habiter en ville, vous avez deviné. Par contre, je ne suis pas touriste, mais représentant de commerce. Je passe une semaine dans la région pour affaires, et je me suis autorisé une petite après-midi de promenade.

– La photo du paysan avec ses bêtes, c'est pour vos enfants, sans doute…

– Exactement. Ils seront contents. Et si vous vous décaliez un peu sur votre droite, j'aurais en arrière-plan le magnifique château perché sur la colline.

– Si ça vous fait vraiment plaisir, je veux bien. Mais par ici on ne l'aime guère, cette bâtisse.

– Ah bon ! Elle a pourtant belle allure. Je pensais même aller y faire un tour.

– Je vous souhaite bon courage… Le chemin n'est même pas goudronné, et je doute qu'on vous laisse entrer. Le château est habité par un vieux fou qui vit comme un sauvage. Pensez donc : il n'a même pas l'électricité !

– Peu importe… Je verrai au moins le bâtiment de près.

– Méfiez-vous quand même. On se demande si les champs autour ne sont pas empoisonnés.

– Empoisonnés ! Comment ça ?

– Allez savoir… En tout cas ils brillent d'une drôle de façon pendant la nuit. Nous, on ne s'approche pas. On ne sait jamais… Vous voyez la haie de saules, là-bas au fond ?

– Oui. On dirait qu'elle suit les courbes d'un ruisseau.

– Parfaitement. Elle marque la limite de propriété du château. Une frontière, en quelque sorte. Et c'est chacun chez soi. On ne met pas les pieds chez lui, mais qu'il ne s'avise pas non plus de nous contaminer avec ses histoires…

– Me voilà prévenu, et en même temps je suis curieux de me rendre compte par moi-même. Je vais y faire un saut, dès que j'aurai pris ma photo.

– Grand bien vous fasse. Attention, Blanchette. Lève la tête et arrête de mastiquer ton herbe. Le monsieur va nous photographier.

Un peu plus tard, le monsieur en question s'engageait avec prudence sur le chemin de terre qui serpentait jusqu'aux peupliers. Un étroit petit pont sur le ruisseau, une pancarte « Réserve de chasse » criblée de chevrotines, et la voiture se mit à cahoter d'une ornière à l'autre, au milieu des pâturages.

Au terme du parcours, après une petite côte assez difficile à gravir, la voiture se trouva devant la porte d'entrée du château, où attendait le propriétaire.

– Bienvenue au visiteur courageux que vous êtes, fit ce dernier avant même que l'automobiliste ait eu le temps de se présenter. En général, les gens des alentours découragent les touristes de venir jusqu'ici. On raconte tellement de sottises sur mon compte... Notez bien que je ne m'en plains pas. Je préfère rester seul plutôt que de voir défiler des vacanciers attirés par les vieilles pierres.

– En fait de vieilles pierres, votre demeure est imposante, et dans un état remarquable. Mais j'avoue avoir été intrigué par ce qu'on m'a dit de vous.

– Tant mieux si c'est suffisant pour tenir les voisins à l'écart. Quant à la réalité des choses, elle n'est pas si étrange qu'on veut bien l'imaginer. Vous verrez vous-même, si vous désirez entrer...

– Je ne voudrais pas vous déranger.

– Une visite de temps en temps, ce n'est pas gênant. Et je vous le propose de bon cœur...

– Dans ce cas, je vous suis, dit le représentant de commerce en joignant le geste à la parole.

Pas de portail grinçant ni de fantôme dérangé par l'intrus, mais une surprise quand même : planté au milieu du hall d'entrée tel un majordome, un âne semblait attendre patiemment le retour de son maître.

– Je vous présente Asinus, annonça le châtelain avant même que son hôte ait ouvert la bouche ! Aussi loin que l'on remonte dans l'histoire, mes ancêtres ont toujours eu un âne à la maison. Je m'attache à perpétuer cette tradition. Mais commençons notre visite. Huit pièces par niveau. Je vous guide, cher monsieur.

Après le rez-de-chaussée, les deux hommes s'engagèrent dans le grand escalier central. Le défilé reprit au premier, porte après porte, puis au second, pour aboutir finalement aux combles. Comme l'aurait fait un chien, Asinus suivait fidèlement la visite, grimpant les volées d'escalier d'un pas assuré.

À chaque étage la vue devenait plus étendue, jusqu'à l'ultime perspective sur la lande à travers les combles mansardés dans une solide charpente en chêne massif.

– De ce côté-là, indiqua le châtelain en pointant le doigt vers le soleil qui déclinait, ma propriété va jusqu'à l'horizon. Tout est en friche. Autant dire qu'Asinus a de quoi brouter. Il ne s'en prive pas, d'ailleurs…

– Quelle magnifique demeure ! commenta le visiteur en redescendant le majestueux escalier circulaire, sur les marches duquel les sabots d'Asinus claquaient comme les semelles d'un danseur de claquettes. Quels volumes ! Et la décoration des murs et plafonds ! De véritables merveilles.

Quand je pense que vous n'auriez même pas l'électricité, d'après ce qu'on raconte…

– Eh bien je crois qu'il faudrait faire une petite démonstration, n'est-ce pas, Asinus ?

L'âne hocha la tête, l'air de dire oui.

– D'ailleurs le soir tombe, ajouta son maître. Il fera nuit sous peu.

– C'est vrai, enchaîna le visiteur. Comme le temps passe ! J'ai déjà trop abusé de votre amabilité. Je vais vous quitter.

– Mais non ! Vous n'avez pas vu le plus intéressant. Restez encore un peu, quelques minutes. Le plus long va être d'attendre l'obscurité. Pendant ce temps, préparons-nous, Asinus.

L'âne se dirigea alors vers le grand salon, puis se planta au centre et leva la tête au plafond. Levant les yeux à son tour, le visiteur s'aperçut que le lustre était remplacé par un harnachement de cuir suspendu à de robustes cordes.

Tandis que l'âne attendait la suite des opérations, le châtelain se dirigea vers la porte. Une manivelle était dissimulée derrière, avec laquelle il fit descendre le harnachement. Puis il entreprit d'en équiper l'animal, qui se montra étonnamment docile et coopératif. Activant de nouveau la manivelle, l'homme entreprit alors de hisser Asinus jusqu'à la hauteur habituelle d'un lustre.

– Vous y verrez plus clair quand il fera vraiment nuit, si l'on peut dire, expliqua le maître des lieux en nouant solidement la corde à un piton fixé dans le mur. Pour l'instant, laissons Asinus à son poste. Il en a l'habitude. Suivez-moi à la cuisine. Je vous invite.

L'absence d'électricité n'empêchait pas le châtelain de disposer, dans les autres pièces, de lampes à gaz et d'un équipement de cuisine tout à fait convenable.

Dans l'heure qui suivit, les deux hommes revinrent au salon en poussant une table roulante garnie d'un appétissant repas.

Surprise ! La pièce était éclairée d'une douce lumière jaune paille rayonnant de l'âne, aussi lumineux qu'un chandelier.

– Depuis le XIIe siècle mes ancêtres éclairent ainsi le grand salon, dit avec fierté le châtelain. Je me fais un devoir de perpétuer cette pratique, aussi écologique et économique qu'agréable. On ne peut rêver lumière plus douce.

– J'en conviens, mais d'où vient ce prodige ?

– De l'abondance des vers luisants dans les hectares de friches entourant mon château.

– Je ne vois pas le rapport...

– Figurez-vous qu'ils vivent et se reproduisent sur une herbe sauvage dont raffolent les ânes. Du matin au soir, Asinus broute exclusivement cette délicieuse nourriture, gorgée de vers luisants. Et du soir au matin son pelage transpire la lumière qu'il a broutée sans même le savoir.

– Magnifique ! Un système d'éclairage gratuit, naturel et entièrement respectueux de l'environnement, c'est encore mieux que des panneaux solaires. Voilà un exemple à suivre dans les campagnes, à commencer par vos voisins…

– Il faudrait d'abord qu'ils arrêtent d'utiliser des produits chimiques dans leurs cultures. Les vers luisants ne survivent pas à ce genre de traitement.

L'enfant de la steppe

– Bon sang de bon sang ! Je suis vraiment perdu, cette fois. Trois cents kilomètres depuis ce matin et je ne sais même pas si j'ai avancé ou seulement tourné en rond dans ce fichu désert. Allons ! Encore un effort avant de faire une étape.

L'homme appuya plus fort encore sur l'accélérateur, mais le 4X4 était déjà à fond, sautant entre les bosses de terre et les cailloux, dans un nuage de poussière. De tous côtés la même étendue pelée courait à perte de vue, alternant pierraille et maigres touffes d'herbe jaunie. Parfois une levée de terre semblait barrer l'horizon, laissant espérer un paysage différent. En vain.

– Tiens… On dirait que ça monte. Peut-être mon point d'eau est-il caché derrière cette dune de caillasses. Avale-moi donc ça, sacré tas de ferraille, qu'on voie si on est revenu dans le bon chemin.

Quelques secondes plus tard, le véhicule mordait sur la crête en rugissant, prêt à repartir de plus belle de l'autre côté.

– Quoi ! Mais il est malade, celui-là !

Se cramponnant au volant, l'homme écrasa la pédale de frein. Le 4X4 partit en crabe dans une embardée, puis stoppa de justesse devant l'obstacle.

Immobile, vêtu d'un ample vêtement sombre ceinturé d'un tissu noué, quelqu'un se tenait debout. C'était un enfant d'une douzaine d'années, au visage en partie masqué par la capuche qui lui tombait au ras des yeux. Quant aux mains, elles disparaissaient dans de longues manches. Près de lui se tenait un curieux petit cheval, aussi poilu qu'un yak, impassible comme son jeune maître.

Le conducteur bondit du véhicule, essuya ses mains moites sur la chemise poussiéreuse, et laissa éclater sa colère.

– Mais tu es fou de rester planté là devant mes roues ! Tu ne m'avais donc pas entendu arriver ?

– Je te vois depuis des heures. Depuis des heures je suis ta trace au travers de la steppe. C'est la trace de quelqu'un qui ne sait pas où est son chemin.

– Peut-être, mais j'ai bien failli t'écraser.

– Tu n'aurais pas écrasé une sépulture. Personne dans la steppe n'a jamais touché à une sépulture.

Alors seulement l'homme remarqua les petits tas de pierres derrière lesquels l'enfant se tenait debout : une pyramide sommaire entourée d'un cercle de huit plus petites.

– Ah ! Désolé, je n'avais pas vu. C'est la tombe de quelqu'un de ta famille ?

– Peut-être. Ou d'un étranger comme toi, venu se perdre un jour ici.

– Mais toi, que fais-tu là, si tu ne sais même pas à qui est cette tombe ?

– Peu importe. Ce qui est dans la steppe concerne tous les habitants de la steppe : les pâturages, les bêtes, les points d'eau, les tombes. La tienne nous aurait concernés de la même façon, si tu ne m'avais pas trouvé sur ta route.

– Comme tu y vas ! Je me suis déjà perdu, et je n'en suis pas mort.

– Nous autres, habitants de la steppe, nous ne nous perdons jamais.

– Facile à dire ! Avec le système de navigation par satellite en panne, je voudrais bien t'y voir.

– Il suffit de lire les étoiles la nuit, et de jour le soleil, le vent, ou les reliefs du sol.

– Tu parles ! C'est du pareil au même depuis des centaines de kilomètres dans tous ces cailloux gris.

– Tu te trompes. Rien n'est pareil, au contraire. Mais il faudrait prendre le temps de regarder. Tu vas trop vite pour pouvoir observer les détails utiles.

– Normal, que j'aille vite ! Je tente de battre le record de vitesse en solo entre Akhabad et Kyzyl, en passant par le désert de Kara-Koum et la steppe de la Faim. Si j'y arrive, je serai dans le *Guinness Book*, le livre des records.

– Et si tu n'y arrives pas, dans quel livre seras-tu ?

– Aucun. Je ne serai même pas célèbre. J'aurai échoué.

– Tu devrais choisir un métier qui ne t'oblige pas à être célèbre. C'est ce que je ferai plus tard, moi, avec la part des cinq museaux donnée par mes parents.

– Les cinq museaux ?

– Dans un bon troupeau, il y a toujours cinq museaux différents : les chevaux, les yaks, les chameaux, les moutons et les chèvres. Chacun a son utilité, pour monter ou porter, pour le lait ou la viande.

– C'est pas bête, ça. Mais pour le moment, le problème, c'est la chaleur. Comment peux-tu résister, avec le manteau que tu portes ?

– Il est en laine de yak. Il me protège du soleil le jour et du froid la nuit.

– Quelle heure est-il, au juste ? J'ai perdu ma montre et toutes mes affaires dans une série de culbutes à pleine vitesse sur de gros cailloux.

– Dans peu de temps, le vent du soir se lèvera. Guère plus tard, le soleil tombera sur l'horizon. Puis la nuit viendra.

– Il faudrait peut-être que tu rentres chez toi avant la nuit. Ça te permettra d'appeler les secours pour me dépanner.

– Je rejoindrai le camp seulement demain. Quant aux secours, qu'on soit ici ou au camp, il n'y aura pas de différence. On ne peut appeler à l'aide ni d'ici ni de là-bas. De toutes les façons, personne ne viendrait.

– Et le plus proche village, il est loin ?

– N'imagine pas y aller maintenant. C'est beaucoup trop loin.

– Vous irez bien quand même un jour ou l'autre, non ?

– Il est à quinze jours de marche de notre camp d'été. On s'en rapprochera peu à peu dans les prochaines lunes. En fait, on y va chaque année à l'automne pour échanger des bêtes contre du sel et quelques marchandises.

– Tu m'inquiètes. On est bien jeudi 30 avril ?

– Je ne sais pas. Mais je sais que nous sommes le sixième jour du mois du lapin bleu. Ce soir, on apercevra le premier quartier de la nouvelle lune.

– En attendant, je grillerais bien une petite cigarette. Aurais-tu du feu ?

– Comment ferais-je cuire les repas, si je n'avais pas de feu ? Mais il est à l'abri dans sa boîte, et je ne vais pas sortir les braises uniquement pour ta cigarette. Tu patienteras jusqu'à ce soir.

– Qu'as-tu prévu, au juste, pour dîner ?

– J'ai posé quelques collets alentour. Avec un peu de chance, un lapin se sera laissé prendre. Sinon ce seront deux ou trois petits rongeurs. Au pire, je sortirai quelques lézards de leur cache : ils passent la nuit sous les pierres chaudes. Mais ne t'inquiète pas : on fera moitié-moitié. Dans la steppe, on partage toujours tout avec l'étranger de passage.

– Merci. Je te le revaudrai. Quelle poisse, cette étape qui tourne mal! Non seulement je me suis égaré, mais en plus j'ai perdu mes bagages, et mes instruments sont tombés en panne. Mais... qu'est-ce que c'est que cette flaque sous le moteur? De l'huile! Ça c'est le bouquet! Le bouchon du carter d'huile s'est dévissé; le garagiste de l'autre jour l'aura mal serré. Il faut venir ici pour voir ça! Et où je vais trouver de la 15-40 spéciale rallye, par ici? C'est bien ma veine!

– Tu ne devrais pas t'énerver, fit l'enfant d'une voix marquant sa surprise. Ça ne changera rien.

Puis il ajouta aussitôt, comme pour changer de sujet:

– Dis-moi plutôt quel est ton nom.

– Alex Martin. Mais tout le monde m'appelle Alex. Toi aussi, tu peux.

– D'accord, Alex. Moi, c'est Uuganbaatar. En général, on m'appelle plutôt par mon surnom: Tumen Agt.

– Tiens, le vent se lève. Et pas chaud, avec ça. Quel pays!

– Tu ne veux pas savoir ce que veut dire Tumen Agt?

– Si, si, bien sûr. Je t'écoute...

– « Galop des mille chevaux. » C'est un beau surnom. Je l'ai mérité parce que je suis le cavalier le plus rapide parmi tous les enfants de notre camp, quel que soit le cheval que je monte. Pas vrai? ajouta-t-il en tournant la tête vers sa monture.

Le petit cheval hocha la tête, comme pour confirmer l'explication.

– Viens avec moi, poursuivit l'enfant en regardant l'étranger. Il est temps d'aller voir mes collets.

Le hasard voulut qu'un lapin se soit fait prendre, évitant à Alex la grillade de lézards…

La soirée se poursuivit avec la légende du cheval ailé, contée par Tumen Agt au coin du feu, sous la course lente du premier quartier de lune traversant la nuit comme un fin sourire.

Puis vint l'heure du sommeil. Couché sur le côté entre les pattes avant et la tête de l'animal, recouvert du drap de selle et utilisant l'encolure en guise d'oreiller, Alex dormit comme un bienheureux.

Le lendemain matin, l'amateur de 4X4 semblait un autre homme. Sa nervosité l'avait quitté. Il commença par remercier le jeune garçon pour son hospitalité, puis le cheval pour sa chaleur. Il eut enfin une pensée pour l'inconnu qui reposait auprès d'eux, sous la petite pyramide de cailloux.

– Si je me souviens bien, dit-il ensuite, nous sommes aujourd'hui le septième jour du mois du lapin bleu. Tu vas rejoindre le camp, aujourd'hui. On y sera ce soir ?

– Si j'étais seul, j'en aurais pour une journée de cheval. À deux, nous irons au pas du piéton. Il nous faudra deux bonnes journées, peut-être trois.

– Ce n'est rien. J'ai tout mon temps.

– Tu verras : nous serons accueillis par ma sœur. En partant d'ici, on arrivera par le couchant. C'est là qu'elle sera, debout à regarder dans notre direction, avec sa jupe de drap gris et sa blouse rouge. Et la coiffe sur la tête, si elle s'est inquiétée pour moi. Elle la porte à cause des émeraudes vertes, qui protègent des dangers.

– Elle s'appelle comment, ta sœur ?

– Babel.

– C'est un joli prénom, Babel.

– Elle m'attend toujours, quand je rentre au camp.

– Elle ne passe quand même pas son temps à t'attendre ?

– Non. Elle devine le moment où j'arrive, et même l'endroit par où j'arrive. Pour moi, c'est un vrai mystère.

– C'est comme mon chat. À la maison, j'ai un chat qui devine aussi par où et à quel moment j'arrive. Il vient toujours me faire la fête, au portail.

– Avec une coiffe sur la tête ?

– Non, bien sûr. Mais pour ce qui est des émeraudes, avec ses deux grands yeux verts on pourrait y croire…

– Comment s'appelle l'endroit où tu habites ?

– C'est à Malaucène.

– Amah-Lohcen, répéta lentement l'enfant.

– Tu connais ?

– Un peu, maintenant. C'est en disant les choses qu'on commence à les faire exister pour soi. Tu as fait pareil, tout à l'heure, en répétant le prénom de ma sœur.

– C'est vrai. Je m'en souviens.

– Je pense qu'il est temps de partir. On continuera à parler en marchant.

– D'accord, partons. Mais j'y pense : que va-t-il arriver au 4X4 ?

– Ne t'inquiète pas pour lui, Alex. Il aura une belle fin. En moins d'une lune, le vent de sable aura fini de gratter sa peinture. Puis la rouille s'occupera de lui. Dans quelques dizaines de saisons, il ne restera pas grand-chose de sa carcasse.

Le trio se mit en route à la vitesse du piéton, laissant à Alex tout le loisir de réfléchir en silence aux péripéties de la veille, et à la chance qu'il avait eue de perdre sa route pour mieux trouver sa voie.

Allant d'un pas souple, sans un regard en arrière, il savourait maintenant le plaisir simple de marcher vers lui-même, après avoir abandonné derrière lui son inutile carapace de métal.

L'illusionniste

À sept heures trente chaque matin, Denis Carton montait sur sa bicyclette et prenait la route de la Suisse. Travailleur résidant en France à quelques kilomètres de la frontière, il occupait un emploi dans une chocolaterie située en territoire helvétique, peu après le poste de douane.

Titulaire d'un diplôme d'emballeur de tablettes, option papier d'aluminium, il n'avait pas trouvé de travail en Savoie dans cette spécialité. D'où son expatriation quotidienne, qui ne l'empêchait pas de se considérer comme un homme parfaitement heureux : en complément d'un salaire déjà très confortable, il recevait en effet chaque semaine un lot de douze tablettes de chocolat à croquer non emballées. De quoi faire plaisir à toute sa famille.

Chaque vendredi, alors qu'il gravissait les lacets de l'étroite route forestière conduisant au poste frontière de Geai-les-Bois, Denis Carton était doublé par un automobiliste un peu particulier. Ce n'était pas sa puissante voiture de sport rouge vif qui attirait l'attention, car il la conduisait fort prudemment. Par contre, on remarquait à coup sûr son étrange et inhabituel chargement : une énorme malle de voyage, solidement sanglée sur deux barres de toit.

Le cycliste et l'automobiliste auraient pu ne jamais faire connaissance, mais c'est un vilain clou qui leur permit un jour de se rencontrer. Très obligeant, le conducteur de la voiture s'arrêta sans hésiter lorsqu'il vit Denis Carton debout près de la bicyclette au pneu crevé, tendant le pouce en direction des rares véhicules empruntant la petite route à cette heure matinale.

– Alors, monsieur Carton, on a eu un problème, ce matin ? fit un peu plus tard le douanier en voyant arriver le curieux équipage. Heureusement pour vous, c'est le jour où monsieur Pozinet part en week-end. C'est gentil à lui, de vous avoir tiré d'affaire. Et vous, monsieur Pozinet, c'est comme d'habitude : rien à déclarer ?

– Rien à déclarer.

– Je ne vous fais pas descendre votre malle, vu qu'il faudrait aussi enlever le vélo fixé dessus, et tout remonter ensuite sur le toit. Elle contient la même chose que d'habitude, je présume ?

– Ni plus ni moins, confirma l'automobiliste en souriant.

– Alors ça ira comme ça. Bon week-end à vous, monsieur Pozinet, et à vendredi prochain. À ce soir dans l'autre sens, monsieur Carton.

Ce jour-là, Denis Carton n'en apprit pas davantage. Le trajet avait été trop bref pour faciliter les confidences. Très serviable, M. Pozinet offrit cependant au cycliste de le véhiculer tous les vendredis matin. Leurs horaires étant invariables, il était plus rentable pour eux de pratiquer le covoiturage.

L'habitude fut donc prise de jucher chaque fois la bicyclette de M. Carton sur le toit du puissant véhicule rouge, par-dessus la malle. De vendredi en vendredi, l'emballeur de tablettes en découvrit un peu plus. Complétées par les renseignements du douanier, les confidences de M. Pozinet permirent de dresser le portrait d'un personnage peu banal.

Albert Pozinet exerçait la profession rare et lucrative d'illusionniste. La malle était son outil de travail, dont il ne se séparait jamais. Avec elle, il avait parcouru pratiquement tous les pays du monde sous différents noms d'artiste, brillant sur les scènes les plus prestigieuses, faisant vibrer des foules de spectateurs incrédules. Grâce à elle, il avait fait fortune.

Réalisée sur mesure par un artisan spécialisé à partir de consignes très précises, la malle s'ouvrait sur trois côtés ainsi qu'aux deux extrémités, permettant d'innombrables possibilités d'illusions selon la face qu'on utilisait.

Avec elle, rien ne semblait impossible à Albert Pozinet, alias Majamal : envol de flamants roses, apparition d'animaux sauvages, disparition de spectateurs volontaires, et surtout attractions avec armes blanches.

C'était lui le spécialiste incontesté des neuf sabres plantés de part en part de la malle dans laquelle avait pris place un volontaire. Après un insupportable *suspense* ponctué des cris d'horreur des spectateurs, il retirait une à une les neuf lames rougies, dans un silence glacial, puis le cobaye sortait intact de sa boîte, sans la moindre égratignure.

Majamal se risquait ensuite à scier la malle en travers, les pieds d'un nouveau cobaye sortant d'un côté et sa tête de l'autre. Plusieurs spectateurs s'évanouissaient à chaque représentation, soit lors du sciage soit lorsque le « miraculé » sortait entier de son horrible piège.

Malgré la robustesse des mécanismes et la qualité de la fabrication, une malle ne durait pas plus de deux ou trois années. Les voyages en avion, les répétitions quotidiennes, les rappels en fin de représentation en venaient rapidement à bout.

Albert Pozinet en était à sa huitième malle. Il ne se séparait jamais d'elle, l'emmenant même avec lui lorsqu'il partait en week-end. Pour répéter ses tours, mais aussi par peur qu'on la lui vole ou qu'on découvre en son absence quelques-uns de ses trucs…

Lors des premiers passages, le douanier de Geai-les-Bois mit beaucoup de temps à inspecter l'objet sous tous les angles et dans tous les recoins, aussi méticuleusement que possible. Au fil des semaines, il se contenta d'un examen plus sommaire. Depuis que M. Carton accompagnait l'illusionniste, les vérifications étaient devenues beaucoup plus rares. Conscience professionnelle oblige, il effectuait parfois encore une fouille quasi complète, mais n'eut jamais l'occasion de prendre M. Pozinet en situation irrégulière.

De mois en mois, les trois hommes sympathisèrent, tant et si bien que l'illusionniste invita le douanier et le cycliste chez lui. Il vivait seul, dans un château meublé avec goût et fort bien entretenu. Denis Carton voulut le photographier avec sa malle, demande à laquelle il se prêta bien volontiers. La photo fut prise dans le jardin. Le coude appuyé sur l'objet, dans une attitude décontractée, Albert Pozinet regarda l'objectif avec la tranquille assurance de l'homme qui a réussi une carrière sans faute.

Ou presque.

Un certain premier vendredi de septembre, alors que Denis Carton reprenait son travail à l'issue d'un mois de congé, il fut surpris de ne pas rencontrer son ami à leur rendez-vous, en bord de route.

Quatre semaines plus tôt, pendant que le douanier était en vacances, l'illusionniste avait eu affaire à un douanier remplaçant. Tout frais sorti de l'École supérieure des Douanes suisses, celui-ci eût l'idée de s'intéresser à la voiture plutôt qu'à la malle. Le bolide rouge à l'écusson du cheval cabré était une voiture volée.

Depuis plus de vingt ans, l'individu travaillait pour un vaste réseau européen trafiquant les bolides de luxe. Par cet obscur poste frontière, il en passait une chaque vendredi en Suisse, d'où elle repartait par des voies compliquées vers une clientèle fortunée.

Albert Pozinet n'était pas plus illusionniste que vous et moi. Son seul tour, sa seule illusion, avait été sa malle d'illusionniste emplie des histoires qu'il avait inventées pour tromper l'attention d'un douanier un peu trop crédule.

Le dessert de Jennifer

Dans la famille « J'adore faire des blagues », Jennifer tient tous les rôles : la fille, la mère, la grand-mère et même la reine-mère. Sa réputation la précède et la suit comme deux ombres pour une seule et même personne.

Même quand elle est apparemment tranquille, et surtout dans ces moments-là, il faut de toute urgence se demander ce qu'elle est en train de préparer.

« Jennifer, qu'est-ce que tu mijotes ? » Tel est le refrain préféré de ses parents lorsqu'ils sont sans nouvelles d'elle depuis plus de trois minutes. À quoi leur fille répond avec assurance : « Rien ! Je m'amuse », ou encore « Je fais mes devoirs », « Je lis une BD » ou tout simplement « Je suis en train de réfléchir ».

Dans le premier cas, on a une chance sur deux pour que ce soit vrai, mais il est quand même conseillé de s'inquiéter. Jennifer peut très bien « s'amuser » à préparer une blague, ou se « faire un devoir » d'imaginer une nouvelle blague. Quant à la BD, il y a gros à parier qu'il s'agit d'une bande dessinée dans laquelle la malicieuse puise d'innombrables idées qu'elle adapte ensuite avec beaucoup d'inventivité…

Le pire est sans doute quand elle répond qu'elle réfléchit. Dans ce cas, on est presque certain qu'elle est en train de se muscler le cerveau en mettant au point une blague inédite. Il est alors temps de l'arrêter avant qu'elle mette son projet à exécution. Souvent, il ne s'agit que d'un sursis, car la réflexion se poursuivra malgré tout jusqu'à réalisation concrète, tôt ou tard.

C'est ainsi qu'on a vu un jour Moustache, le chat de la famille, traverser le salon en laissant sur le carrelage blanc de drôles d'empreintes de pattes : rouges d'un côté, bleues de l'autre… Une autre fois, un discret système de fil en nylon reliait par l'extérieur les volets des fenêtres de l'étage et ceux du rez-de-chaussée, si bien qu'on fermait les uns en ouvrant les autres, et inversement… Et la grenadine dans le lave-glace de la voiture, qui envoyait de belles giclées collantes… Sans oublier les traditionnelles chaussettes cousues au niveau du talon ou les chaussures nouées les unes aux autres avec des lacets…

Elle a toujours été comme ça, Jennifer, dès la maternelle. Pour tout savoir, il faudrait interroger ses anciennes maîtresses. Il y aurait sans doute de quoi écrire un livre…

Mais assez parlé du passé. Venons-en à son coup le plus récent, le plus savoureux… si l'on ose dire !

C'était un samedi, quelques jours après l'affaire des empreintes de Moustache, bleues à droite et rouges à gauche. Jennifer avait longuement réfléchi, comme toujours avant ses pires coups, et elle était venue vers sa mère avec son air le plus faussement misérable.

– Maman !

– Oui, ma chérie.

– Je m'ennuie, Maman. J'sais pas quoi faire.

– Ma pauvre petite fille ! C'est nouveau, ça… Tu n'as donc plus de bêtises en perspective ?

– Je m'ennuie vraiment, Maman. Même les bêtises, ça ne m'amuse plus. Au contraire, j'ai envie d'être utile, mais je ne sais pas de quelle façon.

– Ce ne sont pourtant pas les idées qui manquent… Tu as l'embarras du choix : ranger ta chambre, vider ton placard ou trier tes jouets.

– Est-ce que je pourrais aussi faire un gâteau pour demain ?

– Un gâteau ! Euh… enfin… pourquoi pas ? Mais à une condition : que tu ranges d'abord ta chambre.

– C'est d'accord, Maman.

– Alors tout va bien. Appelle-moi quand elle aura retrouvé un aspect normal.

Une bonne heure plus tard, Jennifer avait remis de l'ordre dans son beau désordre. Sa mère devait tenir parole, aussi la laissa-t-elle s'enfermer dans la cuisine sans crainte apparente, espérant que sa fille se contenterait de faire un simple gâteau de semoule au caramel. C'était un dessert dont elle raffolait, et qu'elle avait réalisé plusieurs fois toute seule sans difficulté.

– Et qu'on ne me dérange sous aucun prétexte, dit-elle en fermant la porte.

– Même moi ? questionna sa petite sœur Suzy.

– Surtout toi ! Je ne veux voir personne. Sinon, je recommence à faire des bêtises...

Restée seule, l'apprentie cuisinière monta sur une chaise, réussit à atteindre l'étagère des livres de cuisine et s'empara de *La Cuisine facile*, le célèbre manuel de Josette Clapiot.

En un clin d'œil elle trouva ce qu'elle cherchait : page 104, recette 309, charlotte de pommes au riz.

Voyons, voyons. D'abord les ingrédients. Est-ce que j'ai tout ? Un demi-litre de riz au lait, un bol de compote de pommes, 150 grammes de biscuits à la cuillère. Pour ce qui est des biscuits, j'ai bien mieux, surtout pour demain... Et enfin cinq cuillerées d'eau sucrée.

Allez, voyons la recette...

« Préparez un riz au lait (*voir recette 460*) ou utilisez un reste de la veille. »

Il n'y a pas de reste de la veille, mais faire un riz au lait est un jeu d'enfant.

Pendant qu'il refroidit, passons à la suite : la compote de pommes. Il en faut un bol. On va utiliser les petits pots qui sont au frigo. Ils font 100 grammes chacun. Avec trois ça suffira. S'il en manque, j'en rajouterai un quatrième plus tard.

Et maintenant, on peut commencer le chef-d'œuvre.

« Garnir un moule à charlotte de biscuits à la cuillère. Les tremper du côté plat dans l'eau sucrée et les dresser côte à côte de manière régulière tout autour du moule. »

Là il faut faire attention, puisqu'on remplace les biscuits. Mais pas de problème : adapter une recette, c'est ça, l'art des grands cuisiniers. Quand même, quelle odeur ! Beurk...

« Remplir ensuite le moule de couches alternées de riz et de compote de pommes. »

Une couche de riz, bien tassée, puis une couche de compote, bien étalée. Et on recommence.

« Poser une soucoupe sur le gâteau, et un poids par-dessus, de manière à le comprimer fortement. Placer au réfrigérateur et démouler le lendemain en le retournant sur un plat. »

Et voilà, c'est fini. Miam-beurk !

Son travail terminé, Jennifer prit soin d'aérer la cuisine, pour chasser l'odeur.

Très fier d'elle, elle rejoignit alors ses parents au salon et leur lança un avertissement : « Que personne ne s'approche du frigo, sinon gare à vous ! Je mange le gâteau toute seule ! »

Personne n'avait envie de contrarier la cuisinière, qui semblait en avoir terminé, au moins provisoirement, avec sa manie des mauvaises blagues.

Le lendemain à la fin du repas, on débarrassa la table soigneusement, pour mettre des assiettes à dessert et des couverts propres.

Puis Jennifer alla seule à la cuisine, démoula avec précaution la charlotte et réalisa la finition avec une boîte de fruits rouges au sirop. Quelques cuillérées sur le dessus, quelques autres disposées comme un collier tout autour du plat, et pour finir quatre petits dômes blancs déposés sur le sommet avec la bombe à crème Chantilly toujours prête dans la contre-porte du frigo.

C'était une réussite, pour les yeux tout au moins.

– Charlotte de sardines au riz, aux pommes, et aux fruits rouges, annonça la cachottière en entrant triomphalement dans la salle à manger.

Un cri d'étonnement et d'horreur mêlés l'accueillit.

– Mais… mais… ce sont vraiment des sardines ! s'exclama la mère en les voyant alignées les unes contre les autres autour du gâteau, dressées toutes droites, semblant presque heureuses d'être moins serrées que dans leur boîte.

– Un gâteau avec des sardines ! enchaîna la petite sœur. Ça va être dégoûtant. Vous le mangerez sans moi !

Quant au père, furieux lui aussi, il posa la bonne question :

– Peux-tu nous expliquer pourquoi diable tu as fait ça ?

– Poisson d'avril ! s'exclama la farceuse. Regardez le calendrier : on est dimanche 1er avril. Je ne sais pas de qui c'est la fête, mais c'est surtout celle des poissons en tous genres.

Cette annonce détendit un peu l'ambiance, et quelques minutes plus tard on oubliait les reproches, la marchandise gâchée, la déception d'avoir attendu en vain un bon dessert. Pour un poisson d'avril, celui-là était quand même parmi les mieux réussis.

– Mais qu'est-ce qu'on va faire de ce gâteau, maintenant ? s'inquiéta la petite Suzy.

C'est alors qu'entra Moustache, le nez en l'air et la queue en point d'interrogation, attiré sans doute par la sympathique odeur de sardine…

– Premier avril, fête des poissons… et de ceux qui les aiment ! annonça Jennifer alors que le chat se frottait contre ses jambes en miaulant quelque chose qui pouvait dire : « Si personne n'aime ça, moi par contre j'en veux bien… »

C'est ainsi que la charlotte aux sardines régala le chat domestique le jour du 1er avril.

En gourmet qu'il était, celui-ci commença par le poisson, sans se presser, en ronronnant de plaisir de temps à autre. Puis il alla faire une bonne sieste et revint ensuite manger la partie sucrée, avec un peu moins d'appétit cependant. Il en resta même un bon morceau pour le lendemain.

Le lendemain, chacun retourna à ses activités du lundi, les parents à leur travail, le chat à ses restes du dimanche, Suzy et Jennifer à l'école.

Une Jennifer qui savourait sa farce du week-end et pensait déjà à la suivante. Milk-shake fraise-maquereau, chocolats fourrés à la gousse d'ail, Chantilly au fromage de chèvre, elle hésitait encore. En tout cas, ce serait certainement une recette de cuisine.

L'affaire GCB

Mesdames et messieurs, chers collègues historiens, chers amis des contes, de la peinture flamande et des énigmes policières, merci tout d'abord d'être venus si nombreux assister à cette conférence sur Van Eyck et le Petit Chaperon Rouge.

Comme vous le savez, les informations des médias concernant ce qu'il faut bien appeler « l'affaire GCB » ont été si surprenantes que l'idée d'un canular s'est vite répandue. Je n'en ai pas été surpris car la vérité est souvent très difficile à croire lorsqu'elle contredit une légende. Pour couper définitivement court aux rumeurs, je vais m'efforcer aujourd'hui de vous présenter avec méthode et précision la découverte que j'ai faite par le plus pur des hasards.

Tout a commencé l'été dernier, alors que je passais deux semaines de repos dans un gîte rural à Villefranche-sous-bois, petite localité isolée dans l'une de nos grandes et belles forêts du nord-est.

Il n'est pas dans mes habitudes d'historien de remuer le passé pendant les vacances, mais comment résister lorsqu'il s'offre de lui-même d'une si belle façon ?

Au cours d'une conversation à la fraîche, sous le tilleul du café du Commerce, je m'étais laissé aller à dire quelques mots sur mon métier, et sur l'intérêt que je porte aux choses anciennes. C'est alors qu'un voisin de table m'a proposé de consulter un carton de vieux papiers, oublié en mairie par les déménageurs lors du transfert des archives au chef-lieu du département.

Émoustillé par cette perspective, je décidai de reporter la randonnée prévue le lendemain et d'échanger le parfum du sous-bois contre celui du papier jauni. Bien m'en prit car je découvris, au milieu de documents très ordinaires, une enveloppe de papier bistre fermée d'un ruban noué. La mention « Affaire GCB », calligraphiée dans un angle, acheva de m'intriguer.

Ayant ouvert le pli avec la curiosité qu'on imagine, je découvris à ma grande surprise une liasse de documents concernant des événements survenus au XVe siècle, en des temps où l'homme était apparemment plus proche de la nature qu'aujourd'hui et savait entretenir avec les animaux une communication plus facile. Plus facile, mais pas plus amicale…

En 1425 exactement, si l'on en croit la première pièce du dossier, il s'était produit à Villefranche-sous-bois un horrible fait divers, qui devait donner naissance à l'un des plus odieux mensonges jamais imaginé contre notre ami *Canis lupus.*

Un après-midi d'automne, les gens d'armes de cette localité reçurent la visite d'un loup. Au comble de l'inquiétude, celui-ci venait demander aide et assistance. Un individu l'avait agressé au cœur des bois profonds, le menaçant de mort ainsi que sa louve, leurs louveteaux, et toute la meute.

– Je vous abattrai tous comme des chiens, lui avait dit précisément cet homme, si tu ne fais pas exactement ce que je vais ordonner.

Pour échapper à cette horrible mort collective, le loup devait dévorer deux personnes, dans des circonstances très précises. Puis il devait s'enfuir aussitôt, laissant l'ignoble individu agir à son tour. Ce dernier souhaitait piller en toute tranquillité la demeure des victimes. Grâce à cette machination, le loup apparaîtrait aux yeux des enquêteurs comme le coupable tout désigné des crimes, puis du cambriolage. Le stratagème était parfait.

Le malheureux carnivore donna aux gens d'armes quelques précisions sur son interlocuteur, qu'il n'avait jamais rencontré auparavant. Grand, mal rasé, de sournoise apparence, l'homme n'inspirait guère confiance. Vêtu de hardes, il était cependant coiffé d'un chaperon bleu en bon état, volé sans doute à un voyageur égaré en ces lieux peu fréquentés.

Pour qui l'aurait oublié, rappelons qu'à cette époque le chaperon était une coiffure fort répandue, sorte de capuchon à longues pointes, porté indifféremment par les hommes, les femmes ou les enfants.

Les gens d'armes écoutèrent poliment les doléances de l'animal, et les consignèrent sur leur registre avec le portrait de l'homme, qu'ils désignèrent sous le nom de « Grand Chaperon Bleu ».

Malheureusement, affirmèrent-ils, les forces de l'ordre ne pouvaient pas intervenir sur de simples dénonciations. Il leur fallait des éléments plus concrets, sinon le Grand Chaperon Bleu pourrait accuser à son tour le loup de l'avoir injustement dénoncé. On reconduisit l'animal à la porte, en lui conseillant de ne pas revenir sans véritables preuves.

Comment le pauvre loup pouvait-il se sortir de cette sale affaire, puisqu'on se désintéressait de son sort ? Refuser d'accomplir le double meurtre ? En ce cas, l'homme au chaperon bleu exécuterait sa terrible menace. Bon père, bon époux, bon camarade de meute, l'animal refusait de condamner à mort tous les siens. Commettre le crime demandé était tout aussi horrible, et bien au-dessus de ses forces.

Après avoir longtemps et longtemps réfléchi, l'animal trouva finalement au problème une issue honorable et courageuse, si courageuse que peu d'hommes l'auraient imaginée pour eux-mêmes en pareille situation. Cette solution lui coûterait sa propre vie, mais épargnerait à la fois celle de la meute et celle des deux victimes.

Parlons-en, des victimes… Elles appartenaient à une riche famille de Villefranche-sous-bois : d'anciens exploitants agricoles qui, ayant fait fortune dans la fabrication et le commerce de la confiture de myrtille, s'étaient installés en ville. Seule la grand-mère, affectueusement appelée Mère-Grand, vivait encore dans la petite maison familiale, au cœur de la forêt.

Par sécurité, c'était chez elle que se trouvait discrètement caché le coffre-fort contenant toute la fortune amassée en deux générations.

La petite fille, que l'on appelait le petit chaperon rouge, du nom de son capuchon à longue pointe, avait coutume de rendre visite à sa Mère-Grand chaque mois. Elle lui portait alors une galette et un pot de crème. En fait, ces douceurs servaient à cacher la clef du coffre dans le fond du panier, sous un gros paquet de billets correspondant au bénéfice mensuel de la confiturerie.

La suite, on la connaît, ou du moins on croit la connaître. Elle a été colportée jusqu'à nous sous la forme d'un conte pour enfants tissé de mensonges. On y décrit en long et en large un loup détestable, effrayant, sanguinaire. Or tout, ou presque, dans ce conte n'est que pure invention.

Un fait est certain, en tout cas : le loup croqua bel et bien la Mère-Grand et le petit chaperon rouge. Mais avant de les engloutir, il s'efforça de les rassurer, se dit désolé de devoir agir ainsi, et jura qu'il n'avait malheureusement pas le choix. Il conseilla aux deux infortunées de se faire toutes petites. Il les avalerait sans les blesser, en deux grosses bouchées. Ce mauvais moment à passer ne durerait pas longtemps. On les délivrerait bien vite.

Mère-Grand et sa petite-fille n'étaient pas vraiment rassurées, mais elles n'avaient pas d'autre possibilité que faire confiance au loup.

Sitôt après que celui-ci les eut avalées, le Grand Chaperon Bleu fit irruption dans la maison. Comme prévu, il s'empara de la clef, ouvrit le coffre-fort, remplit de billets un grand sac, prit à la volée la bague de Mère-Grand posée sur la table de nuit, et s'enfuit aussi vite qu'il était entré.

Alertés par le bruit, deux bûcherons qui travaillaient à proximité accoururent. Voyant le loup au milieu du désordre, ils le tuèrent d'un fort coup de hache, sans s'étonner qu'il n'oppose aucune résistance. Puis ils lui ouvrirent le ventre, rendant au jour le chaperon rouge et sa Mère-Grand.

Ainsi mourut le loup, qui sacrifia sa vie pour sauver celle de deux humains, et épargner sa meute.

Bien que cette histoire ne corresponde pas vraiment à celle que vous connaissez, je vous prie cependant de la croire, car elle est tout à fait vraie. C'est en tout cas la seule version qui concorde avec le compte rendu imprécis des événements que les gens d'armes ont consigné sur leur registre au lendemain des faits. Comment expliquer sinon que tout l'argent du coffre ait disparu ?

Mère-Grand et sa petite-fille déposèrent une plainte pour vol, et racontèrent aux gens d'armes ce qu'avait dit le loup avant de les croquer. Regrettant de n'avoir pas écouté le malheureux animal avec plus d'attention, les forces de l'ordre firent de sérieuses recherches pendant plusieurs jours, mais sans résultat. Le sinistre individu au chaperon bleu avait quitté prestement les parages, et l'on n'entendit plus jamais parler de lui dans la région.

Quelqu'un cependant chercha sa trace ailleurs, sans doute celui-là même qui constitua le dossier intitulé « Affaire GCB ». Ces recherches furent fructueuses, comme l'indiquent les autres documents regroupés dans l'enveloppe…

Quatre années après ces faits dramatiques, en 1429 exactement, le célèbre peintre flamand Jan Van Eyck reçut la visite d'un homme nouvellement arrivé dans sa ville de Bruges.

Doté d'une richesse récente et d'origine incertaine, le visiteur commanda son portrait à l'artiste, et vint à plusieurs séances de pose. Jan Van Eyck le représenta tel qu'il était : mal rasé, d'apparence sournoise, vêtu d'un riche pourpoint et coiffé d'un chaperon bleu. Une précision étonna l'artiste : l'homme exigea d'être représenté tenant une bague bien en évidence, entre deux doigts de sa main droite. Il veilla à ce que celle-ci soit très visible sur la toile, refusant tout net de fournir la moindre explication au peintre sur le sujet.

Une autre chose surprit bien davantage le peintre : le modèle disparut bientôt comme un voleur, alors que la toile n'était pas encore achevée.

Quelque temps plus tard, Jan Van Eyck termina l'œuvre de mémoire, puis la mit en vente, en l'intitulant simplement *L'Homme au chaperon bleu.*

Je n'en appris pas davantage dans le dossier conservé à la mairie de Villefranche-sous-bois. Autrement dénommé *Portrait d'homme avec une bague*, le tableau de Van Eyck est actuellement exposé au musée national d'Art de Roumanie, à Bucarest. Je compte aller le voir de près en août prochain, à l'occasion de mes vacances.

En attendant, j'espère que la découverte de ces documents aidera à tordre le cou à une légende. Il faudrait en effet arrêter de raconter à nos enfants des faussetés et des méchancetés sur les loups, tout en leur affirmant par ailleurs qu'il est une espèce protégée.

Mesdames et messieurs, je vous remercie de m'avoir écouté avec autant d'attention, et si vous le souhaitez, je veux bien répondre maintenant à vos questions.

Le code-barre

– Au secours ! Je suis coincé…

– Ne t'en fais pas, Norbert. On va te sortir de là. Ne bouge surtout pas.

Cela devait arriver, un jour ou l'autre. On peut repousser assez loin les limites du possible, mais il vient toujours un moment où la réalité s'impose. Pour Norbert, ce moment-là était venu.

Norbert Leplat descendait d'une famille d'hyper-maigres, qui tenait sans doute son patronyme de cette caractéristique. Lui-même était d'une extraordinaire minceur. Sans suivre de régime particulier, sans réfléchir exagérément au contenu de son assiette, il demeurait en permanence identique à lui-même, incapable de grossir d'un gramme, y compris en période de fête.

Cet enfant exceptionnel portait la maigreur à la perfection. Trois dimensions sont généralement nécessaires pour décrire un volume, et donc un humain : hauteur, largeur, épaisseur. Pour Norbert, deux suffisaient car l'épaisseur était dans son cas quantité négligeable.

Mais n'imaginez pas qu'il en souffrait. À l'exception de quelques plaisanteries douteuses, du genre « Alors, Norbert, tu es encore passé sous une voiture ? », il retirait de nombreux avantages de sa situation.

Se glisser entre les barreaux d'un portail étant pour lui d'une grande banalité, il en profitait souvent pour dépanner ses copains. Par exemple, lui seul pouvait aller chercher un ballon lancé dans le jardin public en dehors des heures d'ouverture, ou récupérer le cartable oublié dans la cour de l'école.

À la maison, on faisait appel à lui pour attraper l'objet tombé malencontreusement derrière un meuble, ou nettoyer d'un coup de chiffon à poussière l'espace entre les radiateurs et le mur.

Toujours prêt à rendre service, Norbert s'exerçait aussi à tenter des actions difficiles, un peu comme un artiste de cirque cherche à inventer de nouveaux tours pour satisfaire son public. C'est ainsi qu'il mit au point une sorte de course autour du salon : il s'agissait de faire le tour de la pièce en passant derrière tous les meubles. Au premier essai, il lui fallut trois minutes. De mois en mois, calculant au mieux ses gestes et ses pas, l'enfant prodige réussit à réduire son temps à quarante secondes.

Un autre défi consistait à marcher sous la pluie en évitant les gouttes. Une prouesse qui amusait beaucoup ses camarades. Il réussissait mieux avec une averse aux gouttes espacées et régulières, mais dans ses meilleurs jours il parvenait à éviter même la pluie battante.

Le soir où il resta coincé, Norbert était pourtant en très grande forme. En quittant la garderie du soir, à 18 h 30, avec ses deux copains Kévin et Ludovic, il s'était laissé aller à dire « Ouh ! là là... Je suis complètement à plat. » Pour d'autres, une telle phrase aurait été synonyme de fatigue, voire d'épuisement. C'était tout le contraire pour lui, qui en profitait pour balader alentour un regard gourmand, à la recherche d'une nouvelle prouesse à inscrire à son palmarès.

Très vite, son choix se porta sur un immense panneau d'affichage fixé au pignon d'un immeuble. Malmenée par le mauvais temps des derniers jours, l'affiche était décollée dans les coins, et plus ou moins gondolée.

– Attendez-moi, fit Norbert à ses copains. Je reviens.

Et il entreprit alors de se glisser entre l'affiche et le panneau.

Il s'agissait d'une publicité pour le code-barre, ce système d'identification que l'on trouve sur la plupart des produits emballés. « Le code-barre, la carte d'identité-qualité de vos achats », proclamait le slogan, surmontant un code-barre géant entouré de quelques images de produits usuels.

Que se passa-t-il exactement derrière l'affiche ? Norbert avait-il présumé de sa minceur ou de son habileté ? Le papier s'était-il dédoublé, conduisant à de fausses pistes ? Toujours est-il que Ludovic et Kévin virent bientôt apparaître leur ami au beau milieu du panneau, coincé comme un prisonnier derrière les barreaux du code-barre. Incapable de bouger, ni vers la droite ni vers la gauche, l'artiste n'était plus très fier de lui. Il se résolut même à lancer un appel au secours en direction de ses copains.

Que faire pour sortir quelqu'un d'une telle situation ?

Ingénieux, Kevin pensa aussitôt à utiliser le lecteur de code-barre dont se servait son père, caissier à la supérette du quartier. En attendant son copain qui faisait l'aller et retour, Norbert réalisa que cet appareil ne fonctionnerait pas sans électricité.

– Va chercher ton vélo, suggéra-t-il à Ludovic. On utilisera la dynamo de l'éclairage.

Dans le quart d'heure qui suivit, tout fut prêt : vélo calé sur sa béquille et lecteur de code-barre relié à la dynamo.

– Tiens-toi bien, Norbert. On va faire un essai. Vas-y, Ludo. Pédale.

Une pâle lumière rouge sortit du lecteur. Kévin la dirigea vers le code-barre de l'affiche. Malheureusement, rien ne se produisit.

– Pédale plus vite.

Le petit écran intégré au lecteur afficha bientôt les douze chiffres portés sur l'affiche : 782211 062329, et les accompagna de la mention « Code inconnu ».

– Alors ? s'inquiéta Norbert.

– Ça marche, mais on ne fait que lire le code existant, se désola Kévin.

– C'est normal. Pour me sortir de là, il faudrait modifier l'appareil, pour qu'il crée un code avec des barres plus espacées.

– J'ai une idée, proposa Ludo. On va inverser les fils de la dynamo. Le courant circulera dans l'autre sens. Au lieu de décoder, le lecteur se mettra peut-être à coder.

Sitôt dit, sitôt fait. Un nouvel affichage apparut bientôt sur le petit écran : « Introduire code ».

– On est sur la bonne voie, se réjouit Kévin. Essayons un nombre au hasard.

Sur le clavier intégré au lecteur, il improvisa le 275431 763963. L'écran afficha « Lotion antipoux. Lot de 3 flacons ». Au même moment, les barres derrière lesquelles Norbert était cramponné modifièrent leur agencement. Certaines s'amincirent, d'autres s'épaissirent ou se décalèrent légèrement. Mais rien d'important ne changea dans les intervalles. Norbert était toujours captif.

On essaya d'autres codes, sans plus de résultat. Entre les « Petits pois extra-fins 450 g », la mention « Produit périmé. Emballage recyclable » ou encore « Code inconnu », rien ne changeait vraiment dans la disposition des barres.

– Prenons le temps de regarder exactement ce qui s'affiche, et ce qui se passe quand on crée un code, proposa Ludovic. Ça ne sert à rien de travailler au hasard, et je suis fatigué d'appuyer sur les pédales.

Sage conseil. L'espace le plus large apparaissant régulièrement au-dessus du chiffre zéro, et le plus mince au-dessus du chiffre sept, il fut décidé de composer un nombre de douze chiffres combinant le zéro et le sept.

Après quelques tentatives infructueuses, on vit bientôt les barres les plus épaisses et les plus serrées se regrouper sur les côtés. Par voie de conséquence, la partie centrale était presque dégagée, assez en tout cas pour que le prisonnier se faufile entre les deux barres les plus espacées.

– Ouf ! fit Norbert en rejoignant ses amis. Merci, les gars ! Mais dis-moi, Kévin, à quel produit miracle dois-je ma libération ?

– D'après mon lecteur, il s'agirait du tout nouveau téléviseur « Flat-TV », à écran ultra-plat.

– Ah oui ! Je l'ai vu au supermarché, l'autre jour. D'après moi, il n'est pas si mince qu'on le dit…

– C'est un peu comme toi, mon cher Norbert. Tu ne crois pas ?

La graine de conte

Dans sa journée d'écolière, Lucie détestait tout particulièrement les cinq dernières minutes de l'après-midi. Au moment où s'ouvrait la perspective d'une soirée tranquille, M. Buvard, son instituteur, réussissait à coup sûr le même tour de passe-passe, en prononçant la phrase rituelle :

– Prenez vos cahiers, et notez le petit travail pour demain.

Bien dosé, le « petit travail » parvenait à emprisonner une bonne partie du temps libre de la soirée. Un peu plus abondant le mardi soir et le vendredi soir, il débordait alors largement sur le mercredi et le week-end.

Les parents de Lucie avaient bien sûr entendu dire que les devoirs à la maison étaient interdits depuis plus de cinquante ans, mais ils ne s'étonnaient pas de leur persistance. Eux-mêmes en avaient eu, et leurs parents avant eux. Sans doute les enfants de Lucie en feraient-ils à leur tour. Il est si difficile de supprimer ce qui n'existe pas…

Les cinq dernières minutes de ce vendredi-là, juste avant le week-end à rallonges du 11-Novembre, M. Buvard avait particulièrement gâté ses élèves.

– Un petit devoir tout simple, leur avait-il annoncé d'une voix anodine. Vous imaginerez un conte. Pour vous faciliter le travail, chacun fera comme il en aura envie, autant pour le choix du sujet que pour la longueur. Rangez vite vos affaires, et passez un bon week-end, les enfants.

Lucie rentra chez elle en suivant le chemin habituel, le cartable sur le dos et le sujet de devoir dans la tête. Passant devant la vitrine du magasin *Télé-choc*, elle ne détourna même pas la tête devant l'écran géant qui retransmettait un match de hockey sur glace, mais s'arrêta un peu plus loin, chez M. et Mme Grenier. Ces sympathiques commerçants tenaient une boutique au nom évocateur, *Il était une fois*, dans laquelle s'empilaient quelques fausses antiquités, pas mal de brocante, et des tonnes d'objets dignes du marché aux puces.

Les commerçants connaissaient bien Lucie, qui explorait souvent leurs coffres et panières à la recherche de menus trésors : anciennes petites voitures, chaussures de poupée Barbie, pièces de Meccano et autres dînettes incomplètes. Cet après-midi-là, Mme Grenier tenait la boutique.

– Entre, Lucie. Je viens de recevoir tout un lot de petites boîtes. Certaines ont une serrure, et parfois même une clef. Tu vas les adorer. Viens donc jeter un coup d'œil.

Lucie ne se fit pas prier, et oublia son week-end mal engagé. Elle s'amusa à imaginer quels secrets avaient été cachés derrière ces petites serrures, et quels trésors elle pourrait elle-même y mettre à l'abri.

– Elles sont toutes plus belles les unes que les autres, madame Grenier, dit-elle au bout d'un moment. Mais ce soir j'aurais plus besoin d'une boîte à idées que d'une boîte vide.

– Je crois avoir ce qu'il te faut, fit la commerçante tout sourire, lorsque Lucie eut expliqué son problème. D'ailleurs, la boutique *Il était une fois* est sans doute le meilleur endroit pour trouver une idée de conte.

– Je veux bien, mais je ne savais pas que vous vendiez des livres de contes.

– Je n'ai pas de livres, en effet, mais j'ai peut-être mieux. Voyons par ici.

Par ici, c'était une corbeille en osier remplie de vieux boutons, broches à trois sous, yeux de poupées, perles de bois, billes d'agate et autres objets parmi lesquels Mme Grenier entreprit de farfouiller, jusqu'à mettre la main sur une sorte de boulette de papier.

– Voici exactement ce que tu cherches, fit-elle alors, contente de sa trouvaille. Et en plus, je te l'offre.

– Cette boulette ?

– Tout juste. Vois-tu, ce n'est pas un simple morceau de papier plié, mais une véritable graine de conte. Ne me demande pas comment elle est arrivée ici, je ne m'en souviens plus.

– Je peux la déplier ?

– Bien sûr ! Elle est à toi…

En fait, cette graine de conte était un carré de papier replié tant de fois sur lui-même et de façon si serrée qu'il semblait être une simple boulette destinée à la corbeille. Déplié avec soin, puis aplati du revers de la main, le papier livra son secret : une seule phrase, écrite sur fond de parchemin, ornée d'une majuscule enluminée à la manière d'un texte ancien. L'ayant parcourue du regard, Lucie la lut ensuite attentivement à haute voix :

« Il était une fois une princesse et un prince qui se marièrent et eurent beaucoup d'enfants. »

– Pour un conte, c'est un peu court, commenta-t-elle. Je ne suis pas sûr que monsieur Buvard le trouve assez long.

– Ne sois pas pressée, chuchota Mme Grenier à l'oreille de Lucie. Je n'ai pas dit que c'était un conte, mais seulement une graine de conte. Il faut lui laisser le temps de grandir.

– Il faut sans doute la semer, pour qu'elle grandisse.

– Exactement. Tu as bien compris.

– Mais je ne sais pas où on les sème, les graines de conte !

– C'est fait. Elle est déjà semée. Elle a même germé.

– Ah bon ! Où donc ?

– Dans ta tête, depuis que tu l'as lue. Pour te prouver qu'elle y est, tu n'as qu'à fermer les yeux et la dire de mémoire.

– C'est facile, elle est si simple, fit Lucie en fermant les paupières et en récitant d'une belle voix lente et expressive : « Il était une fois une princesse et un prince qui se marièrent et eurent beaucoup d'enfants. »

– Tu vois, commenta Mme Grenier. Elle prend racine et ne demande maintenant qu'à grandir.

– J'espère qu'elle grandira vite, parce qu'on est vendredi soir et il faut que mon conte soit prêt pour lundi matin. Comment faire ?

– Il suffit de penser à elle de temps en temps, surtout avant de t'endormir. Tu peux aussi regarder certains objets ou certaines personnes en les imaginant dans le conte. Ils y entreront peut-être.

Ayant méticuleusement replié sa précieuse graine, Lucie remercia Mme Grenier et rentra chez elle d'un pas plus léger.

Elle résista à l'envie de montrer son trésor à sa sœur et à ses parents : elle craignait leurs conseils, et voulait faire ses devoirs seule. La boulette trouva place parmi ses trésors, formules magiques, codes secrets, papiers pliés en salières à prédire l'avenir, et autres dents de lait, le tout enfermé dans un petit coffret en bois de citronnier posé sur sa tablette de nuit.

Pendant la soirée, Lucie essaya à plusieurs reprises de penser aux héros de son conte, mais sans succès. La première bonne idée arriva le samedi matin au réveil. Prenant le carnet qui avait passé la nuit près du lit, Lucie nota : « Le prince et la princesse ne se connaissaient pas, mais chacun en avait assez de son métier princier. »

Il ne restait plus qu'à organiser leur rencontre et leur changement de profession.

Les choses demeurèrent en l'état jusqu'au goûter. Croquant dans son gâteau chocolaté, Lucie eut un déclic en voyant la marque et le dessin sur le paquet : *Prince*. C'était décidé : fils du roi du biscuit, Prince était fatigué de passer son temps à faire de la publicité pour les gâteaux fabriqués par son père. C'est pour cette raison qu'il voulait changer de métier.

Le second déclic se produisit dix minutes plus tard, devant la poubelle de la cuisine. Jetant le paquet de gâteaux vide, Lucie se trouva nez à nez avec un autre emballage : celui du chiffon *Fée Lapoussière*, utilisé peu avant pour le ménage familial. Il n'en fallait pas davantage pour décider que la princesse serait une fée. Lasse de manier la baguette, elle aspirait elle aussi à changer de profession.

En peu de temps, la graine de conte était devenue une belle plante... La question de la rencontre demeurait posée, mais serait sans doute résolue sans effort pendant la nuit.

En effet. Le premier geste de Lucie, le dimanche matin au réveil, fut d'ouvrir sa boîte en citronnier et de regarder la graine de conte. La voyant sagement pliée parmi les autres petits trésors hétéroclites, elle repensa à la boutique d'où elle venait. Tout parut alors lumineux, et le conte se mit en forme, comme les pièces d'un puzzle pour débutants.

Le prince et la fée s'étaient rencontrés par hasard dans une agence d'intérim, venant l'un et l'autre consulter le panneau des offres d'emploi. Ils étaient aussitôt tombés amoureux l'un de l'autre, et avaient peu après décidé de se marier. Pour gagner leur vie, ils avaient mis en commun leurs économies et acheté une petite boutique d'antiquité-brocante, joliment dénommée *Il était une fois.* Ils y vivent encore, sous le nom discret de M. et Mme Grenier. Quant à leurs cinq enfants, ils sont maintenant grands et dispersés aux quatre coins du monde. Il ne demeure de leur ancienne vie qu'une baguette magique au fond d'un tiroir, dont Mme Grenier se sert parfois discrètement, pour faire plaisir à un client de passage ou à un enfant du quartier.

Élève consciencieuse, Lucie passa le dimanche matin à rédiger le conte, et une partie de l'après-midi à le saisir sur l'ordinateur familial. Après quoi elle en imprima un exemplaire et le mit dans une enveloppe sur laquelle elle écrivit avec application : « Merci pour la graine. Elle a bien poussé. Lucie. »

Le lundi matin, en allant à l'école, elle glissa l'enveloppe sous la porte de la boutique *Il était une fois*, et poursuivit son chemin vers la classe de M. Buvard.

Le septième œuf

En ce temps-là, le monde n'existait pas. Ou du moins presque pas. Un seul corps céleste était suspendu dans l'espace, minuscule morceau de croûte planétaire, peut-être même de croûte terrestre, surmonté d'un minuscule morceau de ciel, bleu ciel le jour, bleu nuit la nuit. Tout autour : rien. Rien que du noir, à l'infini.

M. Bang, unique habitant de l'Univers, vivait paisiblement sur cet éclat de croûte planétaire. Entourée d'un jardinet, sa maisonnette voisinait avec un modeste poulailler, occupé par un unique gallinacé. Répondant au nom de La Poule, ce dernier occupait le plus clair de son temps à traquer l'insecte et le vermisseau, s'interrompant une fois par jour afin de pondre un œuf, fort apprécié de son propriétaire.

Big Bang, ainsi surnommé par lui-même à cause d'un léger embonpoint dû au manque d'exercice, coulait des jours uniformément heureux. Ignorant tous les avantages et les désagréments d'un vaste monde qui n'existait pas encore, il considérait sa situation comme étant la meilleure possible. « À chaque jour suffit son œuf », telle était sa devise. Il passait les journées à entretenir son petit environnement, à cultiver des fruits et iégumes dans son jardinet et à cuisiner sa production.

Tout était donc pour le mieux lorsqu'un matin La Poule entra chez notre homme toute tourneboulée, les plumes en désordre, l'œil pâle et le bec tremblant. Ayant posé précipitamment sur la table le petit panier d'osier contenant l'œuf du jour, elle s'assit en déclarant qu'elle se sentait les pattes flageolantes, et invita M. Bang à observer l'objet de plus près.

En guise de supplément spécial et inexplicable, l'œuf portait la mention *Lundi*, écrite bien en évidence, d'une écriture fine et appliquée.

La première surprise passée, les questions affluèrent. Comment un tel prodige avait-il pu se produire ? Que signifiait-il ? Que contenait cet œuf étrange ? Que fallait-il en faire ? La Poule devait-elle le couver pour qu'il éclose ? Valait-il mieux le garder en souvenir ? En souvenir de quoi ? Pouvait-on le consommer ?

Non, répondit M. Bang à cette dernière question. Il doubla donc sa portion de petits pois aux carottes, puis décida d'attendre le lendemain, avec l'espoir que tout rentrerait dans l'ordre.

Espoir déçu ! La même mésaventure survint le lendemain. L'œuf du jour, si l'on peut dire, portait la mention *Mardi*, de la même mystérieuse écriture. L'œuf rejoignit le précédent, placé en observation dans une assiette creuse. On paria que le phénomène se reproduirait, avec la mention *Mercredi*.

Pari gagné ! Le surlendemain, ce fut *Jeudi*, puis *Vendredi* le jour suivant et *Samedi* le jour d'après. Alors tout rentra dans l'ordre, pour le plus grand soulagement de la pondeuse et la plus grande satisfaction de Big Bang, qui put reprendre sa consommation d'œuf quotidienne.

Rien n'était cependant comme avant. Cent fois par jour le regard se portait sur la boîte à six compartiments confectionnée tout exprès, dans laquelle les six œufs exhibaient leur incompréhensible message.

À la longue, fatigués de se poser chaque jour les mêmes questions, las d'attendre qu'il se passe quelque chose et tout en craignant qu'il se passe effectivement quelque chose, Big Bang et La Poule décidèrent d'agir.

– On verra bien ce qu'on verra, fit l'homme en cassant le premier œuf, celui du lundi, au-dessus d'un bol.

Pour voir, ils virent, en effet.

À peine la coquille fut-elle brisée que mille milliards de milliards de microscopiques pièces de puzzle partirent en tous sens, grossissant à vue d'œil et s'encastrant bientôt les unes dans les autres. Jusqu'à former un territoire sans fin, un monde immense, ce monde même dans lequel nous vivons, tel qu'il existe de nos jours.

La réalisation de ce prodige sembla durer des heures, mais s'accomplit pourtant en une poignée de secondes. Big Bang s'aperçut alors que son petit lopin de croûte planétaire était, banalement, l'une des pièces du grand puzzle universel.

– Fais attention, lui dit La Poule alors qu'il s'apprêtait à poser le pied hors de chez lui. Notre vaste monde n'est peut-être qu'une illusion. Regarde : tout est gris, plat, immobile et silencieux.

On aurait dit une gigantesque photographie en noir et blanc.

– Tu as raison, La Poule. De plus, le soir tombe et notre ciel à nous devient bleu nuit. Il est trop tard pour explorer. Nous y verrons plus clair demain.

Rien n'ayant changé le lendemain, il fut décidé de casser le deuxième œuf, celui du mardi. Sa magie fut différente : il contenait un étrange arc-en-ciel, complet, constitué de sept cercles de couleurs exactement concentriques, qui se répandirent instantanément en tous sens, posant à leur passage leurs combinaisons de couleurs sur toutes choses.

En quelques minutes, le monde apparut multicolore, tout en demeurant semblablement plat, immobile et silencieux. D'un silence si angoissant que La Poule et Big Bang n'osèrent toujours pas mettre le pied hors de chez eux. Ils constatèrent cependant que le ciel du vaste monde était désormais du même bleu que le leur, et devenait pareillement bleu nuit la nuit venue.

L'œuf du mercredi libéra une secousse circulaire et terriblement puissante. On vit les reliefs se dresser, les vallées se creuser, l'horizon se fermer au rebord des montagnes. Dorénavant, le monde n'était plus une photo en couleurs mais une belle maquette en trois dimensions, immobile et muette.

Le mouvement survint le lendemain. Il était comprimé sur lui-même dans l'œuf du jeudi, et ne mit que quelques secondes à se répandre en tous points de l'univers, pour ne plus jamais s'arrêter. Le vent parut d'abord, qui poussa les nuages, réjouit les oiseaux, ébouriffa les arbres et frisa l'eau des lacs. Les hommes s'animèrent, ainsi que les villes et les objets roulants qu'ils avaient fabriqués. Mais tout ce grand manège, dans lequel La Poule et Big Bang firent une courte et prudente promenade, demeurait silencieux.

Pour la première fois, la nuit suivante, une lune radieuse parcourut à son rythme le ciel bleu nuit, semblant passer exactement au-dessus de la maisonnette où les deux derniers œufs attendaient de libérer leurs charmes.

En cassant l'œuf du vendredi, le lendemain, Big Bang eut une drôle de surprise : le tintamarre qui s'en échappa l'obligea à se boucher les oreilles. Tous les bruits possibles et imaginables, concentrés dans ce seul petit œuf, se dispersèrent aussitôt comme un feu d'artifice sonore.

Mais l'ordre revint bientôt. Dès que les sons eurent trouvé leur cause, on entendit le chant du monde et ses millions de voix harmonieuses : chansons d'oiseaux, sirènes de navires, clochers sonnant l'heure, jeux d'enfants.

L'univers était maintenant si parfait, si complet, si tranquille… Que pouvait-on attendre de mieux ?

Rien, assurément. Le mieux est l'ennemi du bien, dit-on. Il aurait mieux valu en rester là, et ne pas briser l'œuf du samedi. C'est lui qui libéra les désordres. En aussi peu de temps que les bonnes choses s'étaient dispersées en tous sens, on vit les mauvaises se répandre à leur tour : les pleurs, les maladies, les accidents, les naufrages, les inondations, la foudre, les crimes et les guerres, jusqu'à former l'exact monde dans lequel nous vivons.

– Il nous faudrait un septième œuf, fit observer La Poule. Il permettrait sans doute de corriger cette avalanche de défauts.

– Attendons-le. Demain, peut-être.

Mais ni le lendemain, ni plus tard, il n'y eut de nouvel œuf magique. Certaines personnes l'attendent encore, sans savoir d'ailleurs quelle surprise il réserverait.

C'est en souvenir de ce temps-là que les boîtes à œufs, les vraies, ont six alvéoles.

On dit aussi que depuis cette période lointaine certains fermiers et fermières regardent à deux fois les œufs de leurs pondeuses. Guettant avec un peu d'appréhension le mot *Dimanche* écrit bien en évidence sur la coquille, d'une écriture fine et appliquée. Guettant un septième œuf, qui pourrait faire le monde meilleur. Ou peut-être pire.

C'est encore en mémoire de ces temps très anciens que les semaines ont sept jours. Six jours à vivre dans un monde imparfait, et le septième pour se reposer de ses imperfections.

La panoplie de Zorro

C'était le jour de mon anniversaire.

J'avais demandé une tenue de Zorro, qu'on m'a offerte au dessert, comme on le fait tous les ans.

Le gâteau était superbe : un millefeuille géant couronné par les bougies disposées tout autour. Après les avoir soufflées, j'ai ouvert le paquet pendant que ma mère coupait les parts.

La panoplie était exactement comme je l'avais rêvée, avec tous les accessoires : la cape, la ceinture cloutée fermée d'une énorme boucle portant un gros Z majuscule, le masque souple sur les yeux et le chapeau au nom de Zorro. Sans oublier l'épée et le fouet.

Je n'ai pas pu résister à l'envie de l'essayer tout de suite, avant même de toucher au gâteau. En quelques secondes, j'étais dans la peau de mon héros…

Tout le monde avait l'air de me trouver beau, et disait que le costume m'allait bien. Mais j'étais le seul à ne pas me voir, alors j'ai eu l'idée de me regarder dans le grand miroir de ma chambre.

En me découvrant, j'ai eu un peu peur : je ressemblais vraiment à mon personnage, tellement la tenue semblait parfaite.

C'était pourtant bien moi qui avançais vers le miroir, mettant en croix le fouet et l'épée, comme pour me protéger d'un invisible adversaire.

En approchant, je distinguais mieux tous les détails du costume… jusqu'à ce que de curieuses petites étoiles passent et repassent devant mes yeux. En même temps, il me semblait avoir trop chaud, sous cette cape noire.

Soudain, j'ai eu l'impression que le miroir penchait en arrière. Du coup, je me suis mis à pencher en avant, allez savoir pourquoi. Un peu plus, et j'allais tomber… Ça m'a obligé à fermer les yeux, et il a dû m'arriver quelque chose, parce qu'en les rouvrant je me suis rendu compte que j'étais au milieu d'un paysage de campagne, au bord d'une rivière que je ne voyais pas. En tout cas, il y avait un bruit d'eau, comme un ruissellement sur des pierres.

C'est alors qu'un cheval est arrivé sur la droite, au moment même où une galopade se faisait entendre sur la gauche. J'ai jeté un œil dans cette dernière direction. Un groupe de cavaliers se dirigeait vers moi en chargeant : des soldats bleus qui brandissaient leur épée en poussant des cris féroces. Sans aucun doute, ils me prenaient pour le véritable Zorro.

À ce moment, le cheval sans cavalier qui venait de la droite parvint à ma hauteur. Sans me poser de question, sans même me demander si je saurais le monter, je bondis sur son dos. Apparemment, il n'attendait que ça. J'eus à peine le temps de me cramponner à sa crinière, et déjà il m'emportait entre les premiers arbres de la forêt qui longeait la rivière. La cape flottait dans mon dos.

Les cavaliers allaient-ils me poursuivre ?

Lorsque ma monture s'arrêta, un bon moment plus tard, je n'entendis plus que quelques chants d'oiseaux et le murmure du vent dans les hautes branches. Les soldats bleus avaient dû abandonner la poursuite, ou perdre ma trace entre les arbres et les nombreux taillis et bosquets.

Que faire ? Comme s'il comprenait mon interrogation, le cheval se remit en marche, progressant à pas lents et tranquilles dans le sous-bois verdoyant, d'où perçait ici et là un lumineux rayon de soleil.

Soudain l'animal se cabra, ce qui faillit me jeter à terre, puis il s'immobilisa. Je scrutais alors le fourré devant nous, et j'aperçus, à quelques centimètres du sol, une forme sinueuse, comme un serpent aux anneaux alternés jaunes et noirs.

Je me rappelais aussitôt une photo de mon livre de sciences. C'était sans doute un de ces reptiles mortels qui pullulent dans certaines forêts exotiques. Heureusement que mon cheval l'avait vu à temps !

L'instant d'après, la forme avait disparu. Comme le cheval reprenait sa marche, un Houba ! Houba ! sonore parvint d'un peu plus loin, de derrière les premiers arbres.

Ce n'est pas possible, me dis-je alors. Et si, au lieu d'un serpent, j'avais vu le bout de la queue d'un…

Nouvelle alerte, qui fit encore se cabrer ma monture, risquant de nouveau de me désarçonner.

Cette fois-ci, l'imprévu ne surgit pas au ras du sol, mais à hauteur d'homme. C'était même carrément un homme, ou plutôt un jeune homme, juste devant moi, aussi étonné de me voir que je l'étais moi-même de rencontrer ici un tel personnage…

Prêt à dégainer le sabre qu'il portait au côté, Spirou lui-même nous barrait le passage ! Mais un étonnant Spirou, vêtu à la japonaise et chaussé de ces curieuses chaussettes et sandales de bois séparant le gros orteil des autres doigts.

– Tu as effrayé Marsu ! me lança-t-il d'un ton furieux. Gare à toi s'il se perd dans la forêt. Tu en seras responsable, tout Zorro que tu es !

J'expliquais que je n'étais pas véritablement Zorro. Lui, par contre, m'affirma qu'il était bel et bien le célèbre héros de bande dessinée, en route pour le Japon, où on lui avait promis de nouvelles aventures.

Nous entendant parler, Marsu revint près de son maître, après avoir voltigé d'arbre en arbre pendant quelques secondes.

J'aurais bien bavardé davantage, mais Spirou n'avait pas de temps à perdre. Il fallait nous séparer, car il devait poursuivre sa route sans retard. C'est alors qu'une apparition nous cloua tous deux sur place. Vêtue d'une robe de princesse en dentelle blanche, une magnifique jeune fille marchait vers nous à pas lents. Sa main gauche était enroulée dans un linge blanc.

Effrayé une nouvelle fois, le marsupilami était reparti dans les hauteurs, disparaissant dans les feuillages.

Parvenue jusqu'à nous, la Belle prit la parole sans crainte, indifférente aux armes que Spirou et moi-même portions, nullement étonnée par le masque dissimulant une partie de mon visage. Elle se mit au contraire à nous expliquer ce qui lui était arrivé, d'une voix confiante mais fatiguée.

Malgré une interdiction absolue d'approcher des objets pointus, elle avait utilisé une quenouille pour filer de la laine, ainsi qu'elle avait vu sa nourrice le faire. D'un geste maladroit, elle s'était malheureusement piquée à l'index gauche. D'où le linge dans lequel elle avait enveloppé sa main, avant de s'enfuir par crainte d'être réprimandée.

Plus grave encore que sa fuite dans la forêt, la jeune fille sentait qu'une lassitude inconnue la gagnait peu à peu, se transformant maintenant en une irrésistible envie de dormir.

– Le château ! Il faut trouver le château, dis-je comme par réflexe, en me souvenant du conte que je connaissais par cœur.

Par bonheur, Spirou en avait aperçu un, juste avant de me rencontrer. Il était à deux pas d'ici, et lui avait semblé abandonné.

Tout en lui parlant sans cesse pour la tenir éveillée, nous accompagnâmes la Belle au château, qui était effectivement inhabité. Tout y était à l'abandon, à l'exception d'une chambre, dont le lit plutôt douillet paraissait attendre mystérieusement quelqu'un, ou quelqu'une…

– J'ai l'impression que je pourrais dormir un siècle, fit la Belle en bâillant. Puis elle s'allongea, sans même prendre le temps de se déshabiller.

Deux secondes plus tard, ses yeux se fermaient. Spirou avait peur qu'elle soit morte, mais je lui fis remarquer qu'elle respirait paisiblement, comme n'importe qui dans le premier sommeil.

– Je suis rassuré, déclara-t-il. Je n'aurais pas voulu me retarder davantage. Il faut vraiment que je m'en aille, maintenant. Le temps de retrouver Marsu, et direction le Japon. La route est si longue, et je ne sais pas à quelles embûches je devrai faire face. Et toi, que fais-tu ?

Surpris par la question, je bredouillais que je n'y avais pas encore réfléchi. Voyant arriver la pénombre du soir, et sans doute agacé par mon indécision, le jeune aventurier décida de partir sans plus attendre. M'aurait-il demandé de l'accompagner, si j'avais pensé à le lui proposer ?

En tout cas il était trop tard, désormais, et je me retrouvais tout seul au cœur de ce château vide et silencieux, dans la chambre où la Belle au bois dormant venait de s'endormir pour cent ans.

Et même pas une chaise pour m'asseoir…

Tout en gardant un œil sur le lit, je reculai d'un pas pour m'appuyer contre le mur, histoire de me reposer un peu tout en réfléchissant à la situation.

Mais ce que j'avais pris pour un mur ne devait pas en être un, car il céda sous mon poids, sans aucun craquement, sans aucun bruit. Déséquilibré, je basculais en arrière, et…

– Qu'est-ce qu'il t'arrive, Luc ? Tu es tout pâle…

– Ce n'est rien, Maman. Je regardais simplement ma tenue dans le miroir.

– Tu en mets, du temps, dis donc ! Il y a au moins dix minutes qu'on t'attend. Le gâteau est coupé et servi. Viens vite, Zorro, sinon les Gringos vont manger ta part…

Sans commentaire, j'ai rengainé mon épée, roulé la lanière du fouet, puis fermé la porte tout en jetant un dernier coup d'œil au miroir… à travers lequel j'ai clairement cru apercevoir une forme de serpent aux anneaux alternés jaunes et noirs.

Ayant donné un rapide tour de clef, j'ai rejoint les autres sans m'attarder…

Mère contre fille

Toutes les mères aiment leur fille. Par extraordinaire, celle dont je vais vous parler n'aimait pas la sienne. On peut même dire qu'elle la détestait.

N'allez pas croire qu'il s'agissait de n'importe qui, de gens très ordinaires ou de fausses célébrités dont on parle dans les magazines. La mère n'était ni plus ni moins que Shiva, l'élégante déesse hindoue à six bras, mondialement connue. Quant à sa fille, il s'agissait de Ganesha, l'enfant-éléphant qu'elle avait eue avec Parvâti, un dieu plutôt discret.

Pour tout dire, Shiva trouvait que sa fille était d'une laideur à faire peur. Il est vrai que Ganesha n'avait pas été gâtée par la nature. Autant la mère était féminine et gracieuse, unanimement appréciée pour sa beauté divine, autant la fille était lourde et pataude, avec son corps de pachyderme bien rembourré, quatre fortes pattes, deux larges oreilles grises et une trompe ridicule.

Comment une femme aussi séduisante avait-elle pu donner le jour à une fille-éléphant ? Le mystère n'est toujours pas résolu et n'est pas près de l'être, car aucun Hindou ne s'en préoccupe. Quoi qu'il en soit, à l'époque où se passe cette histoire, Ganesha était profondément désolée de ne pas plaire à sa mère et ne pas être aimée d'elle. Cela n'y changeait rien, et Shiva montrait une haine féroce à l'encontre de sa fille, saisissant toutes les occasions de manifester sa méchanceté. Il lui vint un jour une idée plus méchante encore que les autres : un grand concours public en quatre épreuves, destiné à couvrir de ridicule l'infortunée Ganesha.

Il est inutile de dire que l'on vint de très loin pour assister à ce divin combat, largement annoncé dans le pays tout entier. Une immense place avait été spécialement aménagée pour la circonstance.

On commença par une épreuve d'agilité, choisie personnellement par Shiva pour ridiculiser sa pataude de fille. La déesse-mère se présenta la première, et forma une remarquable roue de ses six bras déployés autour d'elle, tout en se tenant debout sur la pointe d'un seul pied. On aurait dit une femme-paon, tant elle était magiquement belle.

Plus qu'admiratif, le public attendit quand même la prestation de Ganesha pour voter. Celle-ci parvint péniblement à se tenir debout sur une seule patte, levant les trois autres le plus haut possible. Elle tenta ensuite de rouler sa trompe en spirale, pour faire joli, mais le mouvement la déséquilibra et elle chuta lourdement. Devant les rires qui fusèrent ici et là dans l'assistance, elle resta étalée sur le sol, cacha ses yeux sous ses oreilles, et se mit à pleurer à chaudes larmes.

Peiné de la voir peinée, le public choisit d'annuler cette première épreuve, au motif qu'un grain de riz mal balayé aurait fait trébucher la jeune déesse.

Seconde épreuve, pareillement choisie par Shiva : qui jonglera le mieux ? Ganesha, qui avait séché ses pleurs, eut l'honneur de commencer. Assise sur son derrière, elle réussit à jongler consciencieusement avec trois balles, prenant bien soin de garer sa trompe pour ne pas les faire tomber. Shiva entra ensuite en piste, très sûre d'elle, et lança en l'air une douzaine de balles, qu'elle reprit et relança de ses six mains, avec une grande habileté et d'une façon très artistique.

Après avoir longuement réfléchi, le public décida sagement que Ganesha avait gagné cette épreuve, malgré les apparences, car il était beaucoup plus difficile de jongler à trois balles avec deux pattes qu'à douze balles avec six mains.

Fureur de Shiva, puis troisième épreuve, déterminée par l'assemblée des grands prêtres : qui fera la plus belle musique ?

– Moi d'abord ! dit Shiva, en disposant devant elle une douzaine de carillons et six maillets.

Ayant salué le public d'une élégante courbette, elle prit un petit maillet dans chaque main et entreprit de jouer une exquise mélodie indienne, connue de tous par cœur. Sous le charme, le public attendit le tour de Ganesha sans grande illusion.

Avec beaucoup de concentration, celle-ci interpréta la seule musique qu'elle connaissait : remplissant ses poumons autant qu'elle le pouvait, dressant sa trompe droit devant, elle lança un extraordinaire coup de trompette, comme jamais aucun enfant éléphant n'en avait lancé avant elle.

Sous le souffle, les douze carillons de Shiva s'envolèrent comme lampions de papier et s'accrochèrent aux branches du grand arbre qui bordait la place. Saisissant l'occasion, le vent d'ouest se leva, et l'arbre sembla jouer alors une musique aérienne, plus exquise encore que celle de Shiva. Le charme de cette musique dura des heures, car elle plaisait tellement au vent d'ouest qu'il ne se lassait pas de souffler pour l'écouter encore et encore.

Le public n'eut pas besoin de réfléchir beaucoup pour décider que Ganesha avait gagné cette troisième épreuve.

Nouvelle fureur de la mère, puis quatrième et dernière épreuve, imposée une fois encore par l'orgueilleuse Shiva : qui sera la plus belle ?

Après une longue préparation, la déesse mère se présenta couverte de bijoux : robe pavée de gros cœurs composés de centaines de saphirs, une ou deux bagues à chacun des cinq doigts de ses six mains, cheveux tire-bouchonnés de gel fixatif puis soulignés de petits chemins de perles, le tout couronné d'un air moqueur, du genre : « C'est moi la plus belle et de loin, et je le sais… ». Elle ressemblait à une vitrine de bijoutier surchargée de pierreries diverses, comme on en trouve tant en basse ville.

Pendant ce temps, Ganesha avait tressé de son mieux deux couronnes de paille de riz et les avait suspendues à ses oreilles. Sur son front un peu large, était plaqué un bouquet de fleurs des champs, du meilleur effet sur le fond gris de sa peau. Dernière coquetterie : elle avait recouvert ses ongles d'un enduit de couleur rouge brique, emprunté à la terre du lieu.

La délibération du public tarda quelque peu, mais la réponse fut claire et nette. Il préférait une beauté simple à une vitrine de bijouterie.

– Les gens simples ne pourront jamais ressembler à des vitrines, expliqua le porte-parole du public. Par contre, ils pourront se parer de fleurs des champs, de bracelets en paille tressée, et prendre à la terre de leur village sa belle couleur rouge pour faire un élégant maquillage.

En conclusion des quatre épreuves, Ganesha fut déclarée gagnante, ce qui déclencha la fureur de Shiva. Un singe qui passait à ce moment-là éclata d'un grand rire moqueur en la montrant du doigt.

– Sale bête, lui lança-t-elle en retour, tu ne vaux pas mieux que tous ces gens stupides !

Les gens stupides ayant leur fierté, ils s'adressèrent aussitôt à l'assemblée des grands prêtres en vue de transmettre sans tarder une invocation aux dieux supérieurs, leur demandant de punir Shiva pour les avoir insultés. Après s'être consultés, ceux-ci interdirent à Shiva de retourner sur la Terre montrer ses fanfreluches et ses jeux de mains.

Depuis lors, on n'a jamais plus rencontré la déesse à six bras parmi les humains, ni en Inde ni ailleurs. Il n'est d'elle que des statues, plus ou moins bien imitées.

Depuis lors, l'éléphant est en Inde un animal sacré, incarnation vivante de Ganesha. Aimé de tous, il est plus particulièrement l'ami des singes, qui l'accompagnent souvent dans ses promenades au cœur des jungles, sautant au-dessus de lui d'arbre en arbre. S'ils échangent volontiers petits cris et barrissements, ce n'est pas pour se moquer les uns des autres. C'est en souvenir de l'heureux jour où Ganesha, la petite éléphante, sut se montrer la plus agile, la plus habile, la plus musicienne, et la plus belle.

Moutons de défense

Quelque part autour de la Loire, en plein milieu de la guerre de Cent-Ans…

– Je t'ai vu, manant ! Sors de ta cache. Et tout doux… Sinon je lâche mes fauves, qui te mettront en pièces.

La voix était forte, et ne laissait guère de doute sur la réalité de la menace. Quittant l'arbre derrière lequel il se croyait dissimulé, un pauvre bougre émergea peu à peu du brouillard. Maigre comme un clou, couvert de trois haillons, les orteils pointant à travers ses chausses détrempées, la barbe longue et le cheveu en bataille, les oreilles rougies de froid et la goutte au nez, il ressemblait plus à un épouvantail qu'à un humain. À mi-parcours, il se figea sur place.

– La vieille ! Tu m'as bien eu, avec ta voix d'homme. J'ai cru avoir affaire à quelque brigand. Il n'est guère qu'eux pour traîner si tôt matin avec des chiens. Mais à propos de chiens, je crois bien que je n'avais rien à craindre d'eux non plus. Ce sont ces quatre moutons, que tu nommes tes fauves ?

La vieille en question, sans paraître beaucoup plus riche que le manant, était quand même emmitouflée dans une vieille harde grisâtre, coiffée d'un foulard bien couvrant, et mieux chaussée que lui. Elle tenait en laisse quatre énormes moutons, enveloppés dans leur chaude laine.

– Ne te fie pas aux apparences, l'homme. Pour sauver sa peau dans les campagnes, par les temps qui courent, il vaut mieux se faire la voix d'un robuste bûcheron que d'une frêle femme.

– Et si la voix ne suffit pas, la vieille, comment fais-tu ?

– Ce nerf de bœuf en a tenu plus d'un en respect, dit-elle en fendant l'air d'une lanière tressée, souple comme une lame, cinglante comme un fouet. Il vaut bien une épée pour qui sait le manier.

– Sans doute, fit le vagabond en reculant d'un pas. Mais tes moutons, quand même… Avec les loups qui rôdent partout, est-ce bien prudent ?

– Garde-toi de mes moutons. Ni les loups ni les brigands ne se risquent plus à les affronter. Brutus, montre donc tes sabots à notre vagabond.

L'animal ne se fit pas prier. Taillés en pointe comme deux lames de corne, les demi-sabots de chaque patte formaient une paire d'armes redoutables.

Se dressant sur ses pattes arrière, Brutus exécuta quelques crochets à hauteur de tête, à la manière d'un lutteur. De quoi intimider l'adversaire, en effet.

– Et toi, Lupus, fais entendre ta voix, et montre-lui ta mimique.

Lançant au pauvre manant un regard haineux, Lupus retroussa les babines et imita le grognement sans équivoque du chien d'attaque prêt à sauter à la gorge de l'ennemi. Ce faisant, il découvrit largement ses deux mâchoires. Personne n'aurait eu alors envie de tester sa denture d'herbivore !

– La nuit, ajouta la vieille, tout le monde le prend pour un loup. À commencer par les loups eux-mêmes. De jour, il fait reculer n'importe quel bandit de grand chemin.

– Je comprends mieux.

– Au pire, continua-t-elle en passant la main sur la toison des deux autres moutons, l'arme ultime, c'est leur laine. Je ne la coupe jamais. Elle est si épaisse que le plus affamé des loups ne parvient pas à planter ses crocs dans leurs chairs. Il s'étouffe avant, la bouche emplie de laine. Tu vois bien, pauvre bougre, tu ne risquais pas de nous échapper, même avec le brouillard. De plus, je fais six rondes par jour. Et trois la nuit.

– Mais que protèges-tu donc ? Le brouillard se dissipe : je ne vois que décombres tout autour.

– C'est ce que tu crois, manant. Elles étaient déjà ruines avant les derniers pillards, qui les ont pourtant trouvées bien bonnes à piller encore. Elles le seront sans doute de nouveau pour les prochains pillards. S'ils sont trop forts pour nous, je m'enfuirai. Mais je reviendrai, quand ils auront emporté un peu du presque rien qui nous reste.

– Vous ? Mais de qui parles-tu ? Tu sembles seule ici, la vieille. Je ne vois aucun homme, dans ces murs effondrés. Aucune femme. Aucun enfant non plus.

– Les hommes s'en sont allés. Guerroyer contre l'Anglais, qui depuis tant d'années met à feu et à sang notre pauvre campagne. Les femmes sont cachées dans les bois, leurs enfants avec elles, à l'écart des bandits, des brigands, des soldats. Il ne reste que moi, gardant avec mes fauves nos débris de maisons. Nous les reconstruirons, si nos hommes reviennent et rapportent la paix.

– Je suis l'un de ces hommes, mais d'un autre village. L'Anglais nous a défaits, tout près de Hurlevent. Depuis un mois je marche, me déplaçant la nuit et me cachant le jour. Je ne fais que passer.

– Où comptes-tu aller ?

– Je suis de Bramefant, à trente lieues d'ici.

– De Bramefant… Ah… Pauvres gens de là-bas…

– Tu m'inquiètes, la vieille. Que sais-tu de leur sort ?

– À Bramefant aussi, les Anglais sont passés, suivis par les pillards.

– Tais-toi, la vieille. J'en ai trop entendu. Ma fatigue est si grande. J'ai marché si longtemps, sans dormir de la nuit.

– Vois, le soleil se lève. Il va chauffer les pierres. Tu n'es pas si pressé… Prends un peu de repos, dors le long de ce mur. Tu n'y risqueras rien. Quand tu t'éveilleras, tu choisiras ta voie. Si tu veux repartir faire le traîne-misère, suis le chemin montant. Il passe sur les crêtes, d'où tu verras venir le danger. Mais si tu n'es pas fainéant, si tu veux travailler pour gagner ta pitance, tu peux rester chez nous. Dors donc en attendant. Réfléchis bien. Moi, je poursuis ma ronde.

– Merci, la vieille.

Posant sous lui l'un de ses trois haillons le long du mur de pierre que chauffait le soleil, le manant s'allongea. Et s'endormit sitôt couché.

Déjà la vieille était partie, et derrière elle ses quatre fauves.

« Avec un peu de chance, se disait-elle en tournant au coin du muret, ce manant restera. Il n'est pas mauvais bougre. On le nourrira bien, il reprendra des forces. Il sera travailleur, protégera nos femmes et leurs maigres enfants, retournera la terre et fera des semailles. En attendant le jour où reviendront nos hommes, partis comme soldats pour le malheur de tous. »

« Avec un peu de chance, espéraient les moutons, ce manant restera. Il n'est pas mauvais bougre. Si la vieille veut bien, elle prendra notre laine pour lui faire une couche et de meilleurs habits. Elle le nourrira bien, il reprendra des forces. Il nous sera utile, pour affronter l'Anglais et les autres pillards. En attendant le jour où nos bergers s'en reviendront, partis comme soldats pour le malheur de tous. »

Un moustique logique

Tout d'abord, en tant que moustique et au nom de tous mes semblables, je dis sincèrement merci à ceux qui m'ont accordé quelques pages dans ce livre. C'est bien peu pour faire le point sur nos relations avec les humains, mais je m'en contenterai. Après un âne lumineux, un loup innocenté, une éléphante un peu pataude et des moutons boxeurs, la place n'est sans doute pas la meilleure, mais je ne m'en plaindrai pas. J'irai directement à l'essentiel, en m'efforçant de présenter mes idées par deux. Il y a deux raisons à cela : ce sera plus facile à comprendre, du moins je l'espère, et certainement plus rapide.

Nous autres, les moustiques, avons un vrai problème avec les humains. Un problème planétaire, qui nous empoisonne la vie depuis des décennies. À un point tel que nous avons dû créer, voici déjà pas mal de temps, un service spécial à ce sujet. Il s'agit du célèbre SRH, en clair le Service des Recherches sur l'Homme.

Si je m'autorise à en parler aujourd'hui, c'est parce que j'ai passé toute ma vie au SRH. Du coup, j'en sais pas mal sur la question. Je devine ce que vous pensez : une vie de moustique est considérablement plus courte qu'une vie humaine. Mais là n'est pas le problème. Pour me faire bien comprendre, j'aurais deux choses à dire à ce propos.

La première, c'est que les moustiques exercent traditionnellement le même métier de génération en génération, comme le faisaient les hommes autrefois avant qu'ils inventent la flexibilité, la mobilité, et le chômage qui va avec. Chez nous, non seulement il n'y a pas de chômage, mais en plus on conserve la mémoire des dossiers pendant un nombre impressionnant de générations.

La seconde : nous étions sur Terre avant les humains, et nous serons sur Terre après eux. Voilà le grand privilège des insectes. Peu importe la durée de vie ou la taille des autres animaux, tôt ou tard on les supplantera tous. En tout cas on supplantera l'homme, qui est de très loin l'animal le plus nuisible ayant jamais existé sur cette planète.

Pendant tout le temps que j'ai passé à étudier le comportement des humains, j'ai beaucoup appris à leur sujet, et je sais exactement ce qu'ils nous reprochent. En fait, ils nous en veulent pour deux raisons.

Premièrement : parce qu'on les pique. Cette évidence est facile à expliquer. Notre alimentation, à nous autres les moustiques, est à cent pour cent du sang. Du sang, et rien d'autre. On n'y est pour rien, nous sommes nés comme ça. Les hommes devraient réfléchir un peu à cela, de temps en temps. Eux qui sont omnivores et peuvent en principe manger de tout, réussissent à épuiser les réserves de la planète en pêchant ou chassant excessivement certaines espèces, alors qu'ils pourraient l'éviter en variant leur alimentation. Que les humains balaient devant leur porte avant de nous accuser, parce qu'on a deux remarques à leur faire.

D'abord, même en ne consommant que du sang, les milliards de milliards de moustiques de la planète sont loin d'épuiser les réserves mondiales. Ensuite, j'affirme que les moustiques seraient prêts à épargner certains humains s'ils voulaient bien se faire reconnaître. En effet, il existe deux catégories d'humains : les carnivores et les végétariens. Soyons clairs : aucune trêve n'est possible avec les carnivores, qui consomment eux-mêmes des animaux, donc le sang de ces animaux, cuit de mille recettes différentes ou cru, en tartare, carpaccio ou sushi.

Par contre, nous acceptons de ne plus consommer le sang des végétariens, car ils respectent les autres espèces animales. Il suffirait pour cela que nous puissions les identifier. Que les végétariens portent des vêtements jaunes, par exemple. C'est une couleur dont nous avons horreur. Elle nous coupe littéralement l'appétit, aussi efficacement que les épinards verts de la cantine pour les écoliers.

Le second reproche que nous font les hommes, c'est de leur transmettre des maladies telles que le paludisme. Ils ont malheureusement raison, mais on doit sur ce point aussi rétablir la vérité en disant clairement deux choses.

Tout d'abord, nous affirmons être nous-mêmes victimes du virus du paludisme, exactement comme les humains. Le vrai responsable du paludisme est le virus du paludisme, et non pas le moustique. Nous n'inoculons pas le virus de notre plein gré, mais à notre insu.

La deuxième chose paraît bête à dire, mais tant pis : aussi longtemps qu'ils s'en prendront aux moustiques au lieu de s'attaquer au virus, les humains seront sur la mauvaise voie. Les humains doivent faire comme pour les poux : ils ne tuent pas les gens qui ont des poux sous prétexte qu'ils se débarrasseront ainsi de ces redoutables bestioles !

Eh bien, je propose aux humains de rechercher un médicament ou un vaccin pour traiter le paludisme, dont les moustiques sont les premières victimes. Nous sommes disposés à accepter un tel traitement, dès lors qu'il nous débarrassera de ce parasite et nous laissera mener tranquillement notre vie de moustique.

Sur ce plan, je crois et j'espère que dans un avenir plus ou moins lointain les moustiques et les humains apprendront à affronter ensemble l'ennemi commun. Que les humains le sachent, les moustiques sont prêts à faire un pas en avant dans ce sens.

Mais nous n'en sommes pas là, et je dois maintenant détailler les agressions permanentes et cruelles dont nous sommes les innocentes victimes. On les répartira en deux catégories, malheureusement très inégales.

Les unes, les moins gênantes et les moins nombreuses, relèvent de la dissuasion. Elles sont de deux sortes : les mécaniques et les chimiques. Au rang des premières, on a surtout les moustiquaires, qui obstruent les fenêtres ou enveloppent lits et hamacs. Admettons ces mesures de précaution, quoique plusieurs moustiques soient morts étranglés dans les mailles d'une moustiquaire, comme des poissons dans les mailles d'un filet dérivant. Mais en général le choc se traduit par une simple aile froissée, qui sera réparée lors d'un passage en atelier spécialisé.

La précaution chimique est plus gênante, car elle revêt deux aspects. À l'ancienne, elle consiste à protéger l'humain par des fumées diverses : spirales ou bâtons d'encens, papiers imprégnés de citronnelle ou de lavande. Rien à dire, on s'y habitue. Mais on fera remarquer qu'un peu partout sur la planète les humains ont interdit de fumer et luttent contre l'enfumage passif, en oubliant d'appliquer cette précaution sanitaire lorsqu'il s'agit d'éloigner les moustiques. C'est d'autant plus stupide que nous savons déguerpir en vitesse quand nous sentons l'odeur de la fumée. Les enfumeurs sont alors les seuls à se détruire les poumons avec leurs propres fumées…

Les méthodes modernes nous ennuient davantage, car elles créent une barrière autour les humains, même lorsqu'ils se déplacent. Là encore, deux catégories: les pulvérisations de produits qui enveloppent tout le corps, ou pire encore les tout nouveaux vêtements avec répulsif encapsulé dans les fibres, qui résistent à trente-cinq lavages successifs!

À ce stade, nous ferons deux remarques. Un: nous ne sommes pas d'accord car cela nous prive totalement d'accès à nos ressources alimentaires. Deux: nous craignons que les humains n'en restent pas là. Que vont-ils inventer ensuite pour nous affamer?

Les pires agressions sont les attaques directes, qui se divisent en deux catégories.

La plus franche, si l'on peut dire, est la frappe mécanique. On l'a toujours connue: claques de la main, coups de torchon ou de semelle ont cloué au mur ou au plafond des milliers de moustiques partis simplement faire un bon repas sanguin. Ça vous fait rire? Pensez plutôt que nous avons nous aussi une famille, au cas où vous l'auriez oublié. Imaginez un peu… Au revoir Papa, au revoir Maman, je vais manger une pizza avec les copains et pan! Le fiston meurt écrabouillé sur le passage clouté. Ça vous fait moins rire, n'est-ce pas?

Sans compter que l'humain est assez stupide, dans le domaine de la frappe mécanique. Il est capable de s'envoyer des claques pour tuer le moustique qu'il a sur la joue. Et là, quand on réussit à s'échapper à temps, ça nous fait vraiment rire. Vous imaginez une vache se donnant un coup de corne sur le flanc pour tuer la mouche qui l'agace ? La preuve est bien faite que l'homme peut être plus bête qu'une vache…

La plus sournoise des deux sous-catégories d'agressions directes regroupe les frappes chimiques, pur concentré d'horreur. Parmi elles, il faut encore distinguer deux sortes : la chimie lourde et la chimie fine.

On pratique la première par avion ou par hélicoptère, en pulvérisant des produits toxiques sur les marais ou les zones humides. Pour nous, ces zones sont en quelque sorte des maternités, des crèches et des écoles maternelles. Imaginez donc un bombardement qui les supprime toutes à la fois dans un de vos beaux pays d'humains… Vous auriez vite fait de crier au génocide et au crime contre l'humanité, et vous auriez mille fois raison. Mais quand il s'agit des moustiques, ça n'a bien sûr rien à voir, semble-t-il…

La chimie fine, voilà la bombe nucléaire antimoustique à la portée de tous ! On pulvérise du Bzygon rouge à base de tribazar de polluène hautement toxique, et les moustiques tombent instantanément, foudroyés comme des mouches. Ou bien on enfiche dans une prise de courant une plaquette imbibée de pyrêtre, et l'insecte meurt à petit feu : vue brouillée, raideurs musculaires, respiration difficile, puis décès par asphyxie.

Pas gai, le moustique, me direz-vous… Vous devez cependant reconnaître encore deux autres vérités. Fine ou lourde, la chimie a toujours un effet boomerang, car les insecticides pulvérisés dans les zones humides passent à travers le sol et se retrouvent quelques années plus tard dans votre eau potable. Quant aux produits qui agissent dans vos maisons, pensez qu'il en atterrit toujours une certaine quantité au fond de vos poumons.

Et là encore, une bonne question à se poser : où s'arrêtera la créativité humaine dans ce domaine ? Probablement jamais !

La dernière invention a fait mouche il y a quelques jours, en coûtant la vie à plusieurs de nos agents du SRH. Ils étaient en patrouille, près d'un lâcher de ballons, lors d'une fête communale. Le problème, c'est les ballons rouges. Cette couleur nous attire irrésistiblement parce qu'elle est la couleur du sang. On a beau le savoir et lutter contre, c'est souvent plus fort que nous, malgré la préparation psychologique que nous recevons dans le service.

L'un de nos patrouilleurs s'est approché d'un ballon au point de le piquer, malgré les appels de ses co-équipiers. L'explosion a pulvérisé le malheureux sur-le-champ. Quant à l'effet de souffle, il a tué cinq de ses collègues, pendant que six autres étaient asphyxiés par l'hélium contenu dans le ballon.

Quand je pense qu'on envie parfois nos conditions de travail au SRH… La vie au grand air et les horaires aménagés sont bien cher payés pour beaucoup d'entre nous, et peu en profitent longtemps.

Enfin… Il est temps de conclure. Pour être franc, j'hésite entre deux conclusions, une pessimiste et une optimiste.

Commençons par la première. À l'enterrement de nos copains, après le coup du ballon rouge, on a assisté à une manifestation des MEC, les Moustiques En Colère. Ils sont vraiment durs, ceux-là. Ils veulent déclarer la guerre totale contre les hommes, avec attaques suicides et toute la panoplie des parfaits terroristes. Si vous les aviez entendus hurler « Allez les MEC ! Allez les MEC ! Vengeance ! Vengeance ! », ça vous aurait fait froid dans le dos. Pour l'instant ils se contentent de crier, mais le jour où ils passeront à des travaux pratiques…

Je terminerai avec ma seconde conclusion, la perspective optimiste. Elle est davantage dans ma nature. Pour moi, le pire n'est jamais certain. Jusqu'à maintenant nous avons toujours dit non à l'escalade de la violence, malgré tout ce que les hommes nous ont fait. J'espère simplement qu'ils s'en apercevront un jour et qu'ils nous regarderont d'un autre œil.

En tout cas, le SRH fera tout pour aller dans le bon sens. Pensant y avoir personnellement contribué, je remercie tous ceux qui auront pris le temps de me lire et leur fais confiance pour diffuser mes idées autour d'eux.

La sueur du soleil

Forsythe Knox avait mille bonnes raisons de quitter définitivement New York. Les hivers trop froids, les étés trop courts, le tintamarre des embouteillages, la peur permanente des attentats depuis celui du 11-Septembre, tout cela faisait trop. Sans compter son travail, bien payé mais stupide : ranger, compter, recompter, ranger de nouveau et recompter encore le stock d'or d'une grande banque, ça ne mène à rien.

Qu'il soit en lingots, en barres ou en pièces, l'or est toujours froid, inerte et inutile. Quand il entre à la banque, on ne sait jamais exactement d'où il vient, et quand il la quitte, on ne sait pas où il va, et encore moins à quoi il va précisément servir.

Sur l'une de ces questions, celle de l'origine de l'or, Forsythe Knox croyait en savoir un peu plus que les autres, et voulait le vérifier.

C'est essentiellement pour cette raison qu'il a quitté New York, un beau jour, après avoir tout liquidé, vidé son appartement, vendu ce qui était vendable et donné le reste. Puis il a confié à ses amis le capital ainsi constitué.

– Gardez-le. Je n'en aurai pas besoin, là où je vais. Au début, les premiers mois, envoyez-moi quelques dollars en poste restante, à cette adresse, jusqu'à ce que je vous dise d'arrêter. À ce moment-là, vous n'aurez qu'à vous partager le reste.

Un matin, il est monté dans un train en partance pour le sud. Le lendemain, il traversait les champs de maïs. Plus tard encore les champs de coton, puis les champs de pétrole.

De jour en jour, de train rapide en omnibus, d'omnibus en tortillard, de vitesse en lenteur, il entra dans un nouveau paysage où les champs de cactus alternaient avec les champs de cailloux. Quelques heures plus loin, peu après avoir franchi la frontière mexicaine, au terme d'un ultime tronçon de voie plus ou moins bien ferrée, ballotté dans l'unique wagon attelé à une antique locomotive à vapeur, il atteignit enfin le terminus de la ligne : Bone-city.

En fait de ville, il s'agissait plutôt d'une poignée de maisons rudimentaires, jetées à la volée autour de quelques bâtiments publics : gare, poste, chapelle blanchie à la chaux, poste de police, et café-saloon.

On avait bien ri de lui, au saloon *El Fuego*, quand il avait raconté son projet : continuer à pied plus au sud, en suivant le chantier de l'ancienne voie ferrée.

– Tu es à Bone-city, Gringo ! La ville des os ! C'est le nom qu'ont choisi tes amis Gringos quand ils l'ont fondée. Ils se sont installés ici quand ils ont compris qu'ils avaient fait fausse route, et ils ne sont jamais repartis.

– Pourquoi la « ville des os » ?

– Ça veut dire qu'en arrivant ici tu n'as que la peau et les os, tellement il fait soleil et chaud. Et si tu continues, il ne restera bientôt de toi que tes os. C'est ça, Bone-city : la ville où tu laisses ta peau.

– Mais le chantier de l'ancienne voie ferrée devait bien aller quelque part…

– Il va nulle part. C'est une impasse. C'est sans issue, plus au sud. Après les roches jaunes, tu crois voir des collines vertes, mais c'est un mirage dû à la chaleur qui te dérange le cerveau. Ensuite, on aboutit au Chaudron de l'enfer, un cirque où le soleil tape si fort qu'il ferait fondre le verre d'une bouteille de tequila avant même qu'on ait fini de la boire… Personne n'est jamais revenu du Chaudron de l'enfer.

– Si personne n'en est jamais revenu, c'est peut-être que personne n'y est jamais arrivé, en fait !

Il ne faut pas contredire les habitués d'un café-saloon. Encore moins ceux d'*El Fuego*, surtout quand ils ont un peu trop bu. Bien moins encore lorsqu'on est un Gringo frais débarqué du train. Forsythe Knox l'étranger se retrouva jeté au milieu de la rue poussiéreuse en moins de deux, et son sac à dos par-dessus lui. Mais peu importait.

Il en savait assez. Il était certain d'être dans la bonne direction.

« Près du but. Je suis près du but », se dit-il en reprenant son sac. Puis il laissa ricaner les ricaneurs et entreprit de suivre les rails incertains qui semblaient donner une suite à la ligne de chemin de fer.

Deux jours plus tard, il parvint au bout de la voie. Les rails et leurs poseurs avaient définitivement refusé d'escalader les roches jaunes.

« Quelle suée ! », fit le voyageur, dégoulinant de transpiration, en levant les yeux vers le soleil. Il les baissa vite fait, tant il avait l'impression de poser le regard sur une boule de feu. « Pas étonnant que lui aussi, il transpire… C'est d'ailleurs pour ça que je suis venu ici. Pour la sueur du soleil… Il faut que j'en aie le cœur net ! »

La sueur du soleil… Quelle étrange expression… Pour les anciennes civilisations d'Amérique centrale, l'or n'était rien de plus que la sueur du soleil, avait lu Forsythe Knox dans une passionnante revue. Sueur salée de l'homme ou sueur dorée du soleil, ces populations primitives ne faisaient pas la différence. Le travail et la transpiration de l'homme ne servaient que pour les activités de la vie courante : se loger, se nourrir, se vêtir. Pour la sueur du soleil, il en était de même. À leurs yeux, l'or n'était pas plus précieux que la terre à poterie ou la laine à tisser.

Cette façon de considérer le métal jaune avait tout d'abord choqué Forsythe Knox, puis il avait compris et adopté le même point de vue. L'employé de banque avait alors regardé son métier d'un autre œil. L'or ne valait ni le prix qu'on le payait ni tous les efforts qu'on faisait pour l'acquérir ou le stocker. En tout cas, il était stupide de laisser dormir de la sueur en lingots au fond d'un coffre-fort. D'où l'idée de tout laisser tomber pour aller voir cette transpiration céleste à la source.

Et voilà maintenant qu'il l'atteignait, cette source. Devant lui, le chemin était barré par les roches jaunes. Au-delà, se dressait le mirage des collines vertes. Impressionnante, l'illusion ! On croyait apercevoir de véritables montagnes de verdure. Tout était exactement comme on l'avait dit au saloon. Tout là-bas derrière, ce devait être le Chaudron de l'enfer, où la chaleur est telle que le soleil transpire à grosses gouttes. C'est là-bas que devait se trouver la source de l'or.

Reprenant courage à cette pensée, le voyageur marcha encore quelques heures dans la poussière et les cailloux, puis entreprit d'escalader les roches jaunes, derrière lesquelles il disparut avec le jour.

Quand il en est revenu, Forsythe Knox, il semblait devenu muet, en tout cas indifférent aux questions. Il s'est contenté de retirer une enveloppe à son nom en poste restante et de faire quelques achats, puis il est reparti le jour même en direction des roches jaunes. On l'a revu ensuite en ville deux ou trois fois par an, toujours aussi brièvement. Toujours aussi muet. La première année, il s'est contenté du même manège : retrait d'enveloppe et menus achats. Puis c'est lui qui s'est mis à faire des envois. Il revenait uniquement pour expédier un paquet bien ficelé, bien scellé, qu'il confiait à la poste ou directement au chemin de fer.

À Bone-city, personne n'a jamais pu savoir ce qu'il avait découvert, au-delà du mirage.

À New York, par contre, ses amis sont au courant de tout, mais n'en disent rien. Ils se contentent de recevoir deux à trois fois l'an un paquet bien ficelé, bien scellé, dont ils déballent le contenu, bijoux et vaisselle d'or pur, assiettes et gobelets ciselés de motifs à grenouilles ou graphismes d'escaliers à trois marches, pendentifs en forme d'alligator, boucles d'oreille reproduisant des tortues, statuettes en or massif.

Toutes ces merveilles sont nées des mains de Forsythe Knox, l'ancien magasinier d'or devenu orfèvre.

Il a eu raison d'oser franchir les roches jaunes. Derrière elles, les collines vertes n'étaient pas un mirage. Une tribu d'Indiens Nicoyas, chassés de leur pays par de lointains envahisseurs, y vivait en paix depuis quinze siècles. Près d'une rivière riche en or natif, ils perpétuaient les croyances de leurs ancêtres et leurs techniques d'orfèvrerie.

Si l'or provient de la sueur du soleil, expliquèrent-ils, s'il n'a pas plus d'importance que n'importe quelle sueur, sa seule valeur est celle de l'ouvrage que l'on réalise avec lui.

Forsythe Knox leur dit qu'il savait cela, qu'il pensait exactement la même chose et les avait rejoints pour cette raison. Les habitants des collines vertes accueillirent volontiers l'étranger et le considérèrent rapidement comme un des leurs. Au fil des veillées, il se laissa aller à leur raconter les mille précautions que prennent les humains du reste du monde pour protéger leurs stocks d'or. Eux qui gardent l'or en tas dans un coin de leur atelier rirent aux larmes en l'entendant décrire les blindages, les doubles portes, les triples serrures, les codes, les lasers, les caméras de télésurveillance, les détecteurs à infrarouge, les rondes, les gardiens et la surveillance des gardiens par d'autres gardiens.

Aujourd'hui encore, bien qu'il soit avec eux depuis longtemps, ils lui demandent presque chaque soir de lui raconter ces mêmes histoires incroyables, qui les font toujours autant rire.

Et il rit avec eux, Forsythe Knox, tout en polissant au chiffon de laine la fourchette ou la boucle d'oreille qu'il a fabriquées de ses mains.

Le tourne d'eau

Chaudement habillés en ce matin d'hiver au froid de congélateur, Marine et Laurent se hâtaient vers la boutique Décibel, le nouveau commerce de disques du quartier. Une fois devant la porte, Marine posa sur la borne de lecture le bon d'achat qu'on lui avait offert à Noël.

– C'est la première fois que je viens ici, expliqua-t-elle à son copain de classe. C'est la boutique de mes parents. Sinon, ils m'auraient déjà enregistrée.

Depuis quelque temps, la plupart des magasins filtraient leurs accès. Les appareils à reconnaissance vocale, identité magnétique ou rayonnement énergétique personnel étaient les plus couramment utilisés, car beaucoup plus sûrs que les anciennes cartes à puce ou lecteurs d'empreintes digitales. Pour les nouveaux clients, la procédure était plus banale : sonnette à l'extérieur, puis ouverture de l'intérieur au gré du personnel de la boutique.

– Bonjour, monsieur Dupuis, fit l'interphone de sa plus belle voix de synthèse.

– Rien n'est parfait ! commenta Marine. C'est mon père qui a payé le bon d'achat avec sa carte de crédit.

L'anomalie n'avait pas échappé à l'hôtesse d'accueil, qui prit en charge les deux clients. Jennifer, ainsi que l'indiquait son badge, les accompagna jusqu'aux consoles de consultation du catalogue, où Marine entreprit de remplir son panier virtuel. Elle s'offrit Bercy-Bella, l'enregistrement du concert de légende donné à Bercy par Bella, deux musiques de film, et une compilation d'airs d'opéra au programme de l'examen d'entrée en cycle cinq.

– Sur quel support voulez-vous tout cela ? demanda la vendeuse à la sortie ? Vinyle, cassette, CD, cédéroms, granules ?

– Donnez-moi des granules. On m'a offert un tourne d'eau à Noël.

– Vous êtes une privilégiée ! C'est un cadeau d'exception... La qualité du son est plus que parfaite.

– On dit que tout le monde viendra aux granules. Les anciens supports seront bientôt bons pour la brocante.

– On l'a dit aussi des disques noirs lorsque les CD sont sortis. Mais ils ont toujours une clientèle, malgré leur format et leur fragilité.

– Ça alors ! s'exclama Laurent en voyant la vendeuse aligner une série de petits tubes sur le comptoir. On se croirait dans une pharmacie...

– J'espère que vous saurez vous en servir, s'inquiéta la vendeuse.

– Oui, oui, la rassura Marine. J'ai déjà écouté les granules de démonstration qui accompagnaient le kit de montage.

– Tout va bien, alors. Par contre, ne surdosez pas. Contentez-vous d'une granule pour chaque musique. En mettre davantage ne sert à rien, cela ne change rien à la qualité sonore.

– Je l'avais lu dans le mode d'emploi. J'ai vu aussi qu'il fallait changer l'eau une fois par semaine…

– Exactement. Et prenez garde : n'utilisez que de l'eau déminéralisée. Deux litres, auxquels vous ajouterez une granule de chaque musique. Pour les recharges de granules, revenez au magasin avec le tube vide. Vous n'achèterez que la musique, on ne vous fera pas payer deux fois l'emballage !

Le lancement du tourne d'eau avait été bien orchestré. Vendu aux enchères sur Internet dès la fin de l'été, pour une mise à disposition au début du mois de novembre, il avait fait le bonheur de quelques-uns et provoqué le désir de beaucoup d'autres. Objet tout à la fois révolutionnaire, chic et rare, il était disponible dans le monde entier pour les fêtes de fin d'année, à un prix correspondant à sa réputation.

Pour mieux pénétrer les marchés locaux, on avait rompu avec l'habitude d'attribuer le même nom au produit sur toute la planète. Dénommé « Musicube » dans les pays anglo-saxons, l'appareil était vendu en Asie sous un nom qui signifiait « Pluie de sons baignant les oreilles ». En France, où l'on était en pleine vogue rétro, on avait choisi « Tourne d'eau », par référence au bon vieux tourne-disque du milieu du XXe siècle.

Techniquement, l'objet était aussi simple que possible : fixée dans une boîte carrée de trente centimètres de côté et dix de hauteur, une petite bassine métallique circulaire servait à contenir l'eau. Elle était bordée d'un bras articulé portant à son extrémité une fine aiguille dénommée « audioplongeur ». Un couvercle translucide coiffait l'ensemble, le protégeant de la poussière. Un simple fil permettait l'alimentation en électricité, les deux hauts-parleurs auto-amplifiants étant intégrés dans la partie basse du boîtier.

Marine avait invité Laurent, pour une petite démonstration.

– Je vais te faire écouter Bercy-Bella.

– J'ai le CD à la maison. On verra la différence.

L'adolescente versa une granule de chaque tube dans le récipient. Les minuscules billes blanches glissèrent au fond de l'eau.

– Il n'y a plus qu'à attendre une minute, le temps qu'elles fondent.

– Tu as mis toutes les musiques ensemble ! s'étonna Laurent. Elles vont se mélanger, ça va faire un de ces souks…

– Pas plus que les chaînes de télé dans le câble. On écoute la musique qu'on veut avec la télécommande, comme on choisit ses chaînes.

Au démarrage, une pale se mit à tourner lentement au fond de la cuvette, créant un léger tourbillon dans l'eau. Marine sélectionna le code de la musique, et le bras muni de l'audioplongeur se leva pour se positionner à la surface du liquide.

– C'est trop bien ! On s'y croirait… constata Laurent après une minute d'écoute.

La voix de la chanteuse, chaque musicien du groupe avec le détail de son instrument mais aussi le trio du chœur ou même les cris du public, tout était présent avec l'exacte sonorité correspondant à l'acoustique particulière de la salle. Le concert était idéalement rendu. On se serait cru debout devant la scène, à cinq mètres de l'artiste.

– Tout ça et bien plus encore dans deux litres d'eau, annonça Marine en parcourant le livret d'informations. On peut y stocker jusqu'à mille granules. L'équivalent de mille disques !

– J'aimerais bien savoir comment ça marche exactement.

– Ils l'expliquent super bien, dans la notice. En fait, le truc scientifique est connu depuis longtemps. C'est un chercheur qui l'a découvert à la fin du XXe siècle. Attends, j'ai même son nom : Benvéniste. Pas connu en tout cas. Tout le monde s'est moqué de lui à l'époque en disant qu'il croyait à la mémoire de l'eau…

– Ils avaient un peu raison : la mémoire de l'eau, c'est plutôt nul.

– C'était une façon de parler. En fait, il voulait dire que l'eau garde les traces de tout ce qu'on met dedans, même quand c'est énormément dilué.

– Ah oui ! Il a fait le coup de l'homéopathie ! On dilue trente fois, il n'y a plus une molécule de produit actif, et ça agirait quand même. Très bien pour ceux qui veulent y croire, mais à mon avis, on se soignerait avec des cachets farcis au nougat, ça serait pareil…

– Moque-toi, c'est facile. Et les animaux qu'on soigne à l'homéopathie, comment ils font pour guérir ? Ils se font du cinéma, eux aussi ?

– Arrête, avec tes blagues…

– Attends ! Est-ce que tu boirais un verre d'eau avec une goutte de poison violent, genre cyanure ou mort-aux-rats ?

– T'es malade ! Non, bien sûr.

– Et si je la dilue dans un litre d'eau, la goutte de cyanure, tu en boiras ?

– Un litre, non, ni même si elle est diluée dans dix litres ou dans cent. Mais dans mille litres, un mètre cube, après tout pourquoi pas ?

– Et tu crois que le poison aura disparu, dans les mille litres d'eau ? Il y sera toujours. Pour le récupérer, il suffit d'avoir le filtre adapté. Tout dépend des organismes. Des grosses brutes pourront boire sans problème de l'eau dosée à un gramme de poison par mètre cube. D'autres auront une maladie nerveuse dix ans plus tard, sans savoir d'où elle vient. Et des animaux plus fragiles mourront dans les cinq minutes.

– On s'égare, Marine. La musique de Bella, dans tout ça, elle est où ?

– Comme tu l'as vu, elle était dans la granule. Elle est passée dans l'eau, et l'audioplongeur l'a captée. Il nous la rend telle qu'elle était au départ, amplifiée à volonté. Si tu avais avalé la granule, tu n'aurais rien entendu parce que ton filtre est moins sensible que celui de la machine.

Les yeux rivés sur le miroir d'eau où le bras de lecture semblait suivre un invisible et irrésistible sillon, Laurent ne savait plus que penser. Comme il le faisait souvent dans ces cas-là, il s'en sortit avec une plaisanterie.

– Pas mal, mais un peu cher quand même.

– À mon avis, tu devrais patienter un peu : les prix vont plonger.

– Qu'ils plongent. Moi, j'attendrai de l'avoir pour rien. Quand ils équiperont les piscines, il suffira d'égoutter son maillot chez soi, et en avant la musique !

Table des matières

Du même auteur
dans la même collection

Le Masque aux deux secrets

Un ethnologue globe-trotter. Un convoyeur un peu distrait. Un jeune garçon débrouillard. Ils ne se connaissent pas mais partagent la même quête : retrouver un masque d'Afrique, perdu quelque part dans Paris. Un mystérieux masque aux deux secrets…

1

Le voyageur

Depuis bientôt deux mois, un curieux personnage parcourait l'Afrique noire en tous sens.

En avion, train, bateau, taxi-brousse, en pirogue même quand il le fallait, son périple le conduisait d'un pays à l'autre pour des escales de courte durée. Deux ou trois jours lui suffisaient en général, en tout cas jamais plus d'une semaine. Il repartait ensuite, accompagné d'une seule valise, son costume de grosse toile beige sur le dos et, sur la tête, un chapeau du même tissu.

En feuilletant son passeport, certains douaniers s'amusaient à reconstituer son voyage étape par étape. D'autres se contentaient de regarder les plus récents tampons sur les dernières pages : Congo, Cameroun, Nigeria, Bénin. Ils levaient ensuite les yeux sur le voyageur, avant de contrôler son unique bagage, empli de vêtements et objets personnels. Rien à déclarer, pas de marchandises illicites : tout était simple et, d'un coup de tampon supplémentaire, le fonctionnaire permettait au voyageur de poursuivre sans retard son chemin.

Mais qui était donc Bruno Carton, décrit sur son passeport comme étant de nationalité française, 1,71 m, yeux bleus, cheveux blonds frisés ?

Certainement pas un industriel, car il n'avait visité aucune usine pendant tous ses déplacements. Pas davantage un commerçant : aucun port de commerce, aucune ville située sur des grandes voies de passage ne l'avaient intéressé. L'homme n'était pas non plus un touriste. Dans ce cas, il aurait été séduit par les parcs naturels, réserves, cascades et autres grands lacs près desquels il était passé sans s'arrêter.

Curieux individu, Bruno Carton était aussi un individu curieux… dans un certain domaine. À chacune de ses étapes, il rencontrait quelques personnes choisies, et leur posait un grand nombre de questions. Parfois, on le conduisait vers d'autres, avec qui il discutait tout aussi longuement.

On l'accompagnait ensuite ici et là, pour lui montrer des choses susceptibles de l'intéresser. Si tel était le cas, on signait avec lui des documents dont chacun gardait un exemplaire. Puis il reprenait sans tarder son long périple.

Ce matin-là, il avait hésité avant de quitter son hôtel. Le miroir de la salle de bains lui avait renvoyé une petite mine fatiguée, sans doute la conséquence de deux mois passés à un rythme d'enfer. Aussi avait-il décidé de passer un coup de téléphone à Paris, histoire de faire le point.

– Faites comme vous voulez, Bruno, lui avait affirmé son interlocuteur. D'après ce que vous me dites, votre mission est quasiment terminée. Ce sera un très beau succès, je n'en doute pas. Mais si vous préférez sauter la dernière étape, personne ne vous en voudra. Je vous le répète : faites pour le mieux.

Le mieux, se dit Bruno Carton en reprenant courage, c'était agir exactement comme prévu, sans rien changer. Puisque le programme comprenait un ultime détour par le Masaruba, littéralement le Pays du plateau rouge, il n'y avait pas de raison sérieuse d'éviter cette étape.

« Le devoir avant tout », se dit-il en marquant une dernière pause devant le miroir de la chambre. Puis il prit d'une main sa valise, de l'autre son inséparable chapeau beige, et partit.

Deux heures plus tard, le voyageur filait à vive allure sur la piste cahoteuse taillée en ligne droite au milieu de la forêt en direction des reliefs que la brume de chaleur tentait de dissimuler à l'horizon.

– Si tout va bien, lui confia le chauffeur du taxi collectif, nous serons à Masagani avant la fin de l'après-midi. Il ne faut guère plus de sept heures pour rejoindre la capitale du Masaruba.

– Sept heures à jouer à saute-mouton sur cette piste, ça promet !

– Rassure-toi, monsieur, le saute-mouton, comme tu dis, ne durera pas plus de quatre heures, précisa l'un des voyageurs empilés dans le véhicule. Ensuite, la piste suit le lit d'une rivière pour monter sur le plateau.

– Là, ça sera du vrai 4 x 4, renchérit le chauffeur. Tu verras : on a l'impression d'être des graines enfermées à l'intérieur d'une maraca. Mais pour la dernière heure du voyage, on aura de la bonne route, jusqu'à Masagani. Un vrai tapis. Promis.

2

Le gardien

C'était vrai : la dernière heure de route, qui courait sur l'étendue ocre du plateau, avait été la meilleure. De là à parler d'un tapis, la comparaison était sans doute exagérée. Ou alors il avait été posé sur un sol passablement bosselé…

Quoi qu'il en soit, après les sept heures de voyage prévues, Masagani, « la ville du plateau » en dialecte local, apparut à l'horizon, grosse bosse d'immeubles entourée d'une banlieue en désordre.

Le passager européen avait étonné le chauffeur en demandant si on pouvait le déposer devant un musée. Renseignements pris, le seul existant dans la capitale était le Musée national, où le taxi collectif se rendit au prix d'un léger détour accepté par les autres voyageurs.

À peine descendu de voiture, Bruno Carton entra dans le bâtiment et fut apostrophé par le préposé à la vente des billets :

– Le musée va fermer, monsieur. Je suis désolé, mais il faudrait revenir demain.

– Aucune importance, je ne suis pas venu visiter. En revanche, si cela était possible, j'aimerais rencontrer le responsable des collections.

Le directeur était malheureusement absent, ainsi que son adjoint. Il en était de même pour le sous-directeur, et pour l'adjoint de ce dernier. Mais le gardien des réserves était là.

– Je le verrais avec plaisir. C'est exactement l'homme qu'il me faut.

– Je vais vous conduire à lui. Mais au fait, je ne vous ai même pas demandé qui vous êtes.

– Bruno Carton, ethnologue en mission pour le musée des Arts africains, à Paris.

– Un ethnologue en mission ! L'ambassade de France ne nous a pas prévenus. Si nous avions su, monsieur le directeur aurait préparé votre accueil. Il vous aurait reçu personnellement. Je suis désolé.

– Ne vous en faites pas ! Je le verrai plus tard, demain sans aucun doute. Pour l'instant, je serais ravi de bavarder un moment avec le gardien dont vous m'avez parlé.

– Bon… Puisque vous le voulez… Suivez-moi.

Kamel Saborro était assis devant la porte du hangar qu'il devait surveiller. Confortablement installé sur une sorte de chaise longue en bois clair, le gardien profitait de la brise rafraîchissante accompagnant la fin d'après-midi. Comme c'était aussi l'heure où les insectes deviennent nerveux, il balançait devant lui un chasse-mouches d'herbes tressées pour tenir éloignés les agresseurs.

Flatté d'être le premier à accueillir le visiteur étranger, il alla lui chercher un second siège à l'intérieur du bâtiment, l'invita à s'asseoir, lui offrit un chasse-mouches, et se déclara ensuite prêt à l'écouter.

Ainsi qu'il l'avait fait tant de fois depuis deux mois, Bruno Carton expliqua le projet du musée français. Il s'agissait de préparer une exposition intitulée « Trésors d'Afrique noire ». Ce périple de pays en pays était destiné à choisir dans chacun d'eux la ou les pièces rares pour constituer le fonds de l'exposition.

– Pour bien faire, vous devrez absolument voir le directeur. Il a l'habitude. Nous sommes un tout petit pays, mais nous avons déjà reçu de telles demandes. Il saura choisir les meilleurs objets. Moi, je ne peux pas vous être utile pour une chose pareille. Je ne suis pas quelqu'un d'important.

– Peu m'importe ! Vous devez certainement avoir votre petite idée. Quel serait pour vous l'objet susceptible de représenter le mieux votre pays parmi les autres « trésors d'Afrique noire » ?

– Il faut d'abord que je vous dise quelque chose, monsieur Carton. Quelque chose que les gens importants des ambassades et des musées ne vous ont sans doute pas dit.

– Je vous écoute.

– En Afrique, nous n'avons pas la même conception des musées qu'en Europe. Pour nous, ils ne servent à rien. Nos œuvres d'art sont ici ou là, au bord d'un chemin, devant une maison, près d'un arbre à palabres[1], bref à l'endroit où elles sont utiles. Pas dans les musées. Elles doivent vivre au milieu des gens, avec eux. Dans les musées, les œuvres sont mortes.

– Pourtant vous avez des musées comme les nôtres. Sur la pancarte au-dessus de votre hangar, je lis « Musée national du Masaruba. Réserves artistiques ».

– On le fait pour les touristes. Il ne faut pas les décevoir. Les agences de voyage proposent des forfaits tout compris en trois jours et deux nuits : hôtel, musée, safari photo. Ils adorent ça, les touristes. Le directeur du musée vous dira exactement la même chose. C'est lui qui choisit les objets à exposer. Il se

1. Dans certains villages d'Afrique noire, les habitants ont coutume de se réunir sous un arbre au large feuillage pour palabrer, c'est-à-dire discuter de choses importantes. Cet arbre est traditionnellement appelé arbre à palabres.

renseigne pour connaître les goûts des visiteurs, et il présente ce qui leur plaît.

– C'est bien ce que je pensais. Voyez-vous, monsieur Saborro, je veux précisément éviter cela. Mon musée aurait pu demander aux ambassades de France dans chacun des pays d'Afrique noire de choisir les objets à notre place, mais on aurait rassemblé les mêmes œuvres d'art qu'on voit partout. En venant moi-même, je ne suis pas tombé dans ce piège. Je ne tiens pas à éviter votre directeur, mais je préfère avoir affaire à quelqu'un comme vous, qui me proposera des objets réellement authentiques.

Kamel Saborro marqua un long moment de silence, le temps de savourer le compliment et la confiance qu'on lui faisait. Le temps aussi de réfléchir à sa réponse. Puisque cet homme venait de si loin pour voir des objets authentiques, il fallait lui faire une réponse authentique, elle aussi. Après de nombreux allers et retours de son chasse-mouches, il se décida enfin à parler, commençant son propos par un large sourire.

– Nous avons dans notre pays une « œuvre d'art », comme vous dites, qui correspond à ce que vous cherchez. Nous l'appelons « le trésor du Masaruba ». Cette œuvre me semble tout à fait indiquée pour votre exposition.

– Je le crois aussi. Mais si j'ai bien compris ce que vous m'avez dit précédemment, ce trésor ne se trouve pas dans votre musée.

– Vous avez tout compris, monsieur Carton. J'ajouterai encore que ni le directeur du musée ni même le ministre du Tourisme et de la Culture n'auront l'envie ou l'idée de vous parler de cette œuvre.

– Mais vous, vous accepteriez de me la montrer, j'en suis certain.

– C'est très possible. Cependant, je dois vous mettre en garde. Il se peut que vous ne le jugiez pas assez beau pour vous, notre trésor du Masaruba. Dans ce cas, vous serez déçu.

– Je cours le risque, monsieur Saborro. Où donc se trouve cette œuvre d'art ?

– Elle change souvent de place.

– Par sécurité ?

– Non, vous n'y êtes pas. Ce trésor est la propriété de la nation, c'est-à-dire de tous les citoyens de notre pays. Personne n'a intérêt à le voler, puisqu'il appartient à tous. Alors il va de maison en maison, car nous avons coutume de le prêter à ceux qui en font la demande. Actuellement, il est en dépôt chez Salomon Tumba. Je vous y conduirai demain.

– Demain ?

– Il est tard maintenant. Voyez : on devine à peine dans l'ombre le baobab derrière lequel a disparu le soleil.

– J'y pense : vous auriez sans doute quitté votre travail depuis longtemps si je ne vous avais pas dérangé. Je suis désolé de vous avoir ennuyé et fait perdre votre temps.

– Vous ne m'avez pas ennuyé, monsieur Carton. Quant à mes horaires, ils sont élastiques. Un peu plus un soir, un peu moins un autre, l'essentiel est qu'on s'y retrouve au bout du compte. Dites-moi plutôt à quel hôtel vous êtes descendu. Je vous déposerai.

– Pour tout dire, je n'y ai pas encore réfléchi. Si vous en avez un à me conseiller, ce sera comme pour l'œuvre d'art : je vous suivrai les yeux fermés.

– Dans notre pays, monsieur Carton, on ne conduit pas à l'hôtel l'étranger qui n'a pas de toit pour passer la nuit. On lui accorde l'hospitalité. Si vous ne craignez pas de partager un repas frugal et de dormir dans une chambre sans télévision, vous serez bienvenu dans ma maison. Dès demain matin, nous irons voir ensemble Salomon Tumba.

– J'accepte avec grand plaisir votre offre. Après deux mois d'hôtel en hôtel, c'est une perspective bien agréable.

– Eh bien, partons sans tarder !

– Je vous aide à rentrer les sièges.

– Laissez-les sur place. Ça m'évitera de les sortir demain.

– Et la porte ? Vous ne fermez pas la porte de la réserve ? s'étonna le visiteur en voyant le gardien s'éloigner sans même jeter un œil au hangar qu'il avait surveillé pendant toute la journée.

– Fermer la réserve ? À quoi bon ? Personne ne voudrait des pacotilles qu'elle renferme. Et puis, pour fermer une porte, encore faudrait-il qu'elle ait une serrure !

Un éclat de rire partagé accompagna les deux hommes jusqu'au portail du musée. Un autre rire résonna dans la rue lorsque Bruno Carton reconnut, posée sur le trottoir, la valise qu'il avait oubliée dans le taxi.

Un quart d'heure plus tard, l'ethnologue descendait de moto après une course échevelée dans la poussière, coincé entre Kamel Saborro et sa valise ficelée sur le porte-bagages.

– Bienvenue dans ma modeste maison, monsieur Carton, fit le gardien des réserves artistiques en invitant son hôte à entrer.

Au même moment, l'employé du musée chargé de la vente des billets, celui-là même qui avait conduit l'ethnologue auprès de Kamel Saborro, entrait tout essoufflé dans l'arrière-salle d'un café où avaient coutume de se réunir une fois par semaine quelques personnes ayant les mêmes préoccupations que lui.

– Excusez mon retard, dit-il en s'épongeant le front, mais il se prépare quelque chose de grave dont je dois vous parler.

Devant un auditoire particulièrement attentif, l'homme raconta sans omettre un détail la conversation qu'il avait espionnée de bout en bout, caché dans un recoin du hangar aux réserves artistiques.

– Tu as bien fait d'être sur tes gardes, affirma celui qui semblait le chef du groupe, une fois le récit terminé. Cet étranger est comme tous les autres, qui nous ont pillés et nous pillent encore. Il est hors de question que le trésor du Masaruba quitte notre terre sacrée. Qui est ce Salomon Tumba ?

– Au marché, tout le monde le connaît, assura l'un des participants en levant la main. Je sais où il habite.

– Eh bien ! tâche d'y aller demain matin, et tends l'oreille. Nous devons savoir ce qu'il dira à ce voleur d'étranger. Et pour qu'il sache que nous sommes au courant, tu traceras le signe devant sa maison.

– Le cercle ?

– Avec la croix à l'intérieur. N'oublie pas la croix.

3

Le masque

Maraîcher de son état, Salomon Tumba cueillait des tomates lorsqu'il vit arriver nos deux visiteurs, le lendemain matin.

– Excusez-moi si je continue mon ouvrage, dit-il, sitôt les présentations d'usage terminées, mais je voudrais finir avant la grosse chaleur. C'est à la fraîche qu'il faut cueillir les légumes.

– À trois on ira trois fois plus vite, répondit Kamel en joignant le geste à la parole.

Ce jour-là, dans un champ du Masaruba, Bruno Carton apprit à choisir les tomates, à les cueillir sans écraser l'attache, et à les poser en douceur dans une caisse de bois.

Séparée de la rue par un mur de terre ocre, la maison d'habitation était constituée de quatre pièces largement ouvertes sur un patio où prenaient racine quelques plantes grimpantes. C'est là que les trois hommes s'installèrent ensuite, sur deux bancs placés de part et d'autre d'une table basse, au pied d'un bougainvillier. La discussion porta rapidement sur l'objet de la visite.

Bruno Carton était impatient de voir cet objet dénommé « trésor du Masaruba », mais il ne voulait pas brusquer son interlocuteur. Aussi attendit-il que Salomon Tumba s'exprime lui-même, après avoir pris soin de lui exposer en détail le projet de l'exposition prévue en France.

Le temps passait, et rien ne permettait de savoir si le gardien du « trésor » donnerait son accord ni même s'il serait intéressé, lorsqu'il se leva enfin en annonçant dans un sourire :

– Monsieur Carton, je vais vous montrer cet objet qui représentera, si tout va bien, notre pays dans votre exposition.

« Ouf », se dit l'ethnologue en voyant le maraîcher entrer dans la maison.

– Voici « le masque aux deux secrets », déclara celui-ci quelques instants plus tard en posant sur la table basse une tête de bois sculpté.

Bruno Carton prit le temps d'étudier attentivement la pièce, la regardant tout d'abord sans la toucher, puis la prenant en mains pour la tourner entre ses doigts et observer de près chaque détail.

Il s'agissait d'un assemblage complexe. Le visage se composait d'un masque presque rond, à peine plus haut que large, légèrement bombé, fixé sur un court cylindre de bois représentant le cou. L'ensemble était dominé par une volumineuse coiffe à coques, dont les protubérances semblaient constituées de tresses enroulées sur elles-mêmes. Çà et là, un grappillon de perles ou un minuscule plumeau de couleurs vives rehaussait l'éclat de la coiffure, apparemment constituée de cheveux naturels. Une étroite bande de tissu, collée par une sorte de terre ocre rouge qui la rendait rigide, assurait la fixation de la coiffe sur le bois du masque.

Bien des masques africains ont une expression étrange, mais il émanait de celui-ci quelque chose de plus puissant, quasi énigmatique, que le spécialiste était incapable de définir. À quoi était-ce dû ? À la bouche, dont les larges lèvres offraient une esquisse de sourire empreinte de mystère ? Aux paupières closes, qui privaient le spectateur de regard ? À l'arête du nez, dont le tracé rejoignait celui du sourcil droit, dessinant une sorte de point d'interrogation énigmatique ?

Ne sachant que dire, Bruno Carton opta pour une remarque facile :

– Je m'attendais à un simple masque ; en fait, il s'agit d'une tête complète. Provient-elle d'une statue ?

– On ne sait pas, mentit Salomon Tumba.

– C'est peut-être l'un de ses deux secrets, puisque vous l'avez appelée « le masque aux deux secrets ». Quel serait le second, dans ce cas ?

Ce fut au tour de Kamel Saborro de prendre la parole, d'une façon qui n'admettait pas de réplique.

– Le premier secret n'est pas celui-ci. Quant à les connaître l'un ou l'autre, il n'en est guère question. Le principe d'un secret est de demeurer caché. Sinon, pourquoi le dénommer ainsi ?

Bruno Carton ne s'estima pas vaincu pour autant.

– Si on ne les révèle jamais, les secrets se perdent au moment où disparaissent ceux qui les possèdent. Comment faites-vous donc pour transmettre ceux-ci ?

– Un secret ne se transmet qu'à une seule personne à la fois, dit-on chez nous.

– Ne suis-je pas tout indiqué pour être cette personne, ici et maintenant ?

– Malheureusement non, monsieur Carton, reprit Salomon Tumba. Malgré toute l'estime que j'ai pour vous, il ne vous appartient pas de choisir le moment. Ce n'est pas au secret d'aller à vous, mais à vous d'aller vers lui. Lorsque le moment sera venu, si jamais il vient, vous saurez tout naturellement quels sont ces deux secrets, et vous comprendrez aussi pourquoi ce masque est un trésor dans notre pays.

– Mais n'est-il pas gênant d'exposer à Paris un objet intitulé « le masque aux deux secrets » sans qu'on en sache un peu plus sur son mystère ?

– Pour l'instant, le choix est tout simple : ou vous exposez le masque tel quel, ou vous ne l'exposez pas.

Un regard vers la mystérieuse sculpture suffit à l'ethnologue pour répondre sans hésitation :

– On l'expose. Et à la meilleure place. Parmi tous les trésors d'Afrique noire que j'ai collectés, celui-ci est le seul à être en plus un trésor national dans son pays.

– Un petit pays, précisa modestement Kamel Saborro. Le Masaruba est un tout petit pays.

– Un pays qui en vaut bien un autre. Tous les États sont égaux, savez-vous ? Qu'ils soient grands ou minuscules, très peuplés ou désertiques n'y change rien. Le problème est plutôt de savoir si votre gouvernement acceptera de laisser sortir du pays ce « trésor national ».

– Nous en faisons notre affaire, monsieur Carton. Soyez sans crainte.

– En ce cas, je vais rentrer à Paris par le prochain vol. Il y en a un demain soir, avec une escale à Abidjan. Il me suffira de reprendre mon taxi demain matin pour faire en sens inverse les sept heures de piste. En attendant, ma journée est libre. Que puis-je faire pour vous remercier, monsieur Tumba ? Encore un coup de main au jardin ? Ça ne me déplairait pas…

– Pas question de toucher aux cultures avant ce soir. Avec le soleil, on leur ferait plus de mal que de bien. Par contre, mon beau-frère doit passer prendre une remorque de pastèques en fin de journée. Elles sont entreposées au frais sous des cannisses. Si vous voulez m'aider à les charger, je suis d'accord.

– Un peu d'exercice, ça ne se refuse pas…

– Alors je vais vous laisser, décida Kamel en se levant. Il est temps pour moi d'aller voir si mes réserves artistiques ne se sont pas envolées. Je vous rejoindrai plus tard.

– Attention ! Ne bougez pas ! dit soudain Salomon à mi-voix. Regardez plutôt l'ombre que fait le toit sur le sol du patio.

En principe rectiligne, la bordure était anormalement bombée à un certain endroit, comme si on avait accroché un ballon sur le rebord du toit. Un ballon, ou bien…

– Bon sang ! Mais on nous espionne ! s'exclama Salomon Tumba en se retournant. Là, juste au-dessus de nous, ajouta-t-il en pointant le doigt vers le haut, il y a quelqu'un à plat ventre.

Rapide comme l'éclair, l'intrus recula, se releva et disparut en courant sur le toit-terrasse.

– Qui donc aurait eu intérêt à écouter notre discussion ? interrogea Bruno Carton.

– Nous avons une chance de le savoir bientôt, répondit Salomon Tumba en bondissant hors de la maison. Encore faut-il réussir à le rattraper…

Peine perdue… Rien ne permit d'identifier le fuyard parmi les nombreuses personnes qui empruntaient la route à ce moment-là. L'homme était-il au milieu des cyclistes anonymes roulant en direction du centre-ville ? Un complice l'attendait-il en moto ou en voiture ?

– Quelqu'un l'accompagnait, commenta Kamel en rejoignant son ami. Sinon il aurait volé ma moto.

Arrivant à son tour, Bruno Carton eut le regard attiré par un signe tracé à la craie blanche sur le mur.

– Que veut dire ce signe de multiplication entouré d'un cercle ?

– Tout s'explique, se contenta de dire Salomon en s'approchant. C'est la signature de notre espion.

[…]

Cet ouvrage est imprimé sur du papier
fabriqué à base de fibres provenant
de forêts gérées de manière durable et équitable

Achevé d'imprimer en Espagne
par Novoprint
Dépôt légal : 2e trimestre 2011